W0470150

Kölle rut-wieß

Kölsche Rümcher un Verzällcher vum

Ingeborg F. Müller

2003

J.P. BACHEM VERLAG

Anmerkung
Die Rechtschreibung im vorliegenden Buch folgt nicht dem von der **Akademie för uns kölsche Sproch** herausgegebenen Werk **"Kölsche Schreibregeln - Vorschläge für eine Rechtschreibung des Kölschen".**

Impressum

Bibliografische Information Der Deutschen Bibliothek
Die Deutsche Bibliothek verzeichnet diese Publikation in der **Deutschen Nationalbibliografie**; detaillierte bibliografische Angaben sind im Internet über
http://dnb.ddb.de abrufbar.

1. Auflage 2003
© J.P. Bachem Verlag, Köln 2003
Einbandgestaltung: Heike Unger, Berlin
Zeichnungen: Gerda Laufenberg
Reproduktionen: Reprowerkstatt Wargalla, Köln
Druck: Druckerei J.P. Bachem GmbH & Co. KG Köln
Printed in Germany
ISBN 3-7616-1765-8

www.bachem-verlag.de
www.koelsch-akademie.de

Wo mer wat finge kann

Minsche en Kölle

Kölsche Pänz

Durch et Johr

Jet hingerdren

Minsche en Kölle

Ich jehör' noh Kölle!

Fröchs do mich, wo ich möch levve?
Kölle! Dat litt mer em Senn.
Schön ess mänche Plaatz op Äde.
Ich jehör' noh Kölle hin!

Kölsche Aat ess, wat mer jot deit.
Hätzlich nimmp mer mich he op.
Schenk mer Fründschaff, jitt mer Wärmde,
keiner stüss mich vör der Kopp.

Kölsche Sproch un kölsche Minsche:
kräftich, deftich, doch och zaat;
fründlich, ihrlich, mehschtens löstich,
jraderus weed de Schnüss jeschwad.

Nor **uns** Sproch, die liet sich drinke.
Dat ess einzich op der Welt!
Flöck kann mer dat üvverpröfe,
wann mer sich e Kölsch bestellt.

Altstadt, Rhing, der Dom, mi Kölle!
Kölsche Lück mer wichtich sin.
Dovun kann ich niemols loße.
Ich jehör' noh Kölle hin!

En de beste Johre

Sei ess, wie mer esu schön sät, "en de beste Johre".

De Pänz woren us dem Ness jefloge un stundten op eije Bein.
Ehre Mann, dä sich der "Vorruhestand" nit schönschwade leeß, heelt en der Firma Pohl un leef met singe nüngunfuffzich Johre immer noch jede Morje am Huus erus. Op Enkelcher zo spikeleere hatt nix jebraat. Un su sitz se, die immer Levve en der Bud un Arbeit för de Famillich jewennt wor, der janzen Daach allein em Huus un weiß nix met sich anzefange.

Et Laache bliev ehr bahl em Hals steche, wann se sich klor määt, dat mer usjerechent för die Zick sät, et wören "de beste Johre".

Kühme un Knaatsche wor nie ehr Aat, un su määt se et Beste drus.
Se besök ne Kurs bei der Volkshuhschull un ess flöck op Do un Do met Compjuter un Internet.
Beim Enkaufe om Maat ess se jetz nit mih en Iel, un anders wie fröher kann et passeere, dat se met de Nohbere en der Kall kütt. Dat kann dann dore.

Ehre Mann deit des Meddachs en der Kantin esse. För einer allein renteet sich et Koche nit mih. Su bliev en der Woch de Köch kalt. Se ess met ener Botteramm vun der Fuuß zofridde, un anplaaz Pött un Herd zo schrubbe kann se no e Nörche halde.
Süch an, su liet et sich doch levve!
Pö a pö kütt se met däm neu Levve parat.
Se kann sich der Daach selvs endeile, hät noh keinem zo froge. Keiner well wesse: Wo jeis de hin? Wo küss do herr? Et jitt se alsu doch: "de beste Johre"!

Un dann?
Dann sät eines Dachs der Dokter, dat ehre Blotdrock nit en Odenung wör, un se kritt för de nöhkste veerunzwanzich Stund ene Blotdrockmesser an der Liev.
Domet der Dokter hingerdren weiß, wat hä met dä Kurve anfange kann, muss se e Prutekoll föhre un jenau opschrieve, wann se wat jedonn hät. Do leever Jott, domet kütt se ärch en de Bräng.

Wie se am Morje öm elf Ohr immer noch am Fröhstöcksdesch sitz un de Zeidung liss, weiß se nit, wat se för die Zick av veedel op nüng opschrieve soll.
Späder, nohdäm se et Stöppputze för e jot Stündche ungerbroche hatt, för met der Fründin zo telefoneere, hät se vör luuter Kadangks vör däm domme Zeddel dä schöne ahle Liebesfilm en der Flimmerkess fleute loße. Nit dat der Dokter ene falsche Endrock kritt un meint, se wör ne fuule Zömmelömm.
Met Leppebommele jrief se sich et Finsterledder un wisch domet de Köcheschränk av. Bloß för jet Öntlijes op dä Zeddel schrieve zo künne.

Der janzen Daach jeit ehr dä bekloppte Blotdrockmesser nit us dem Kopp, un dröm büjelt se endlich die Körv Wäsch fott, die se hatt opkumme loße.
Och Finsterputze weed wahl en jot Kurv op ehrem Apperat bränge.
Se schnapp sich der Emmer un jitt sich draan.

Späder am Ovend, wie se sich om Sofa an ehre Mann kuschelt un dä Loss kritt, ehr jet en et Öhrche zo fispele, fällt ehr em letzte Momang en, dat dat der Blotdrock huhdrieve künnt.

Se üvverläje hin un herr, ävver et fällt inne beim beste Welle nix en, wat mer, ohne rut zo wäde, des Ovends noh zehn Ohr en et Prutekoll schrieve künnt.

Su jeit die schön Stemmung de Baach erav, un se sät: "Ich ben fruh, wann ich morje fröh dä verdötschte Apperat dem Doktor zoröckbränge kann.
Soll dä dem Nöhkste domet der Daach versaue!"

Hähncher jrille

De jung Fraue vun hück föhren ehre Huushalt e bessje anders wie ehr Mütter. Se stonn em Berof, müssen ehr Zick kalkuleere un deilen sich met däm Mann, däm se ehr Hätz schenke, de Huusarbeid.
Wann hä för zo deile zo fuul ess, loren sich de jung Wiever dat mehschtens nit lang an un dä möde Schluffe muteet janz flöck vum Hätzblättche zom avjelaate Levvens-Avschnetts-Tuppes.
Enkaufe, stöppsauge un koche ess dröm för Mannslück hückzodachs nix Besonderes.

Trotz dä männliche Hölp ess et de Fräucher ävver nit wie fröher ehrer Mamm müjjelich, stundelang ne Soorbrode zo kitzele un der rude Kappes üvver de Hubbel zo schrabbbe.
Hück weed anders jekoch un weil do lecker Saache op der Desch kumme, bruch mer der jot ahl Zick nit nohzetrore. Do jitt et alle Zoote vun Nudele un immer widder "Lasanje". Em "Lasanje" koche sin se eifach nit zo üvvertreffe.

Och Jeflöjel ess ene Hit en der modäne Köch, weil et schnell jekoch ess un mer et müngchesmoß en klein Por-

ziune kaufe kann. Mer kritt Bruss, Jullasch un de Schenkelcher jrad wie mer et bruch.
Met enem Hohn bruch sich keine junge Minsch mih zo ploge un wann et drop anköm, wössten se am Engk och üvverhaup nit wie se domet ömjonn sollte.

Su ka'mer verstonn, dat sich e jung Pärche em Lade janz interesseet e Keramikdeil belort, met däm mer flöck un sauber e janz Hähnche jrille kann. Dat soll janz eifach jonn. Op enem Ständer deit mer dä Vugel opspeeße, domet dat Deerche vun alle Sigge brung weed, un dann bloß en der heiße Backovve däue.
Dä Backovve bliet dobei sauber, weil de Zaus en ene Teller dröpp.

Donnerletsch, dat wör doch ens jet! Die zwei bruche nit lang zo üvverläje. Se kaufen sich dat Dingen un nemmen us dem Iesfach jlich noch ene Flattermann met.

Wie se des Ovends zosamme en der Köch stonn un dat enzwesche opjedüte Hähnche op dä Jrill steche welle, wessen se nit wigger.
Sei hät us däm Deerche ene unappetittlije Plastikbüggel erusjetrocke. Ävver en däm Buch schwabbelt noch allerhands fiese Krom eröm. Hä meint: "Dat ess nix Besonders, die Kleinichkeite sin beim Usnemme üvversinn woode. Die kritt ming Mamm immer met de Finger erus."

Se künne sich nit einije wä vun inne däm Höhnervugel durch de Fott en der Buch paaschte soll, för de resslije Innereie eruszoholle.
Dä Disputeer brängk se nit wigger un su schödd hä zwei Jläser Jrappa en. Dä Schabau määt och jlich ne klore Kopp un se kummen drop, en Jaffel zor Hölp zo nemme.
Ävver dat Jeschwabbels ess zieh un ovschüns se ne zwei-

te un drette Jrappa de Drankjass erunder schecke, rötschen inne de "biestije Kleinichkeite" immer widder durch de Jaffelzinke.
No ess jode Rot dör un hä röf sing Mamm an.
Die sät: "Dat ha'mer jlich, kutt evens eröm."
Se packen dä Flattermann un talpe bei de Eldere. Hoffentlich deit de fresche Luff jot. De Sauerei ess allebeids öntlich op der leddije Mage jeschlage.
Wie en jeübte Hevvamm verschwind der Mamm ehr Hand em jeplante Ovendesse un se lät de Lung, de Levver un jet Fett op e Stöck Papeer.

Noh däm Usfloch en de Natorkund hann se allebeids en spetze Nas kräje un en Klör em Jeseech wie en Klatschkiesbotteramm. Se bedanken sich bei der Mamm un dunn ehr dat Deerche jroßzüjich schenke.

Ärch stell schluffen se donoh op Heim an un späder wesssen se nit mih zo sage, wie se koot drop an dä Desch beim "Mac Donald" jekumme sin, wo jeder en Porziun "Chicken Mc Nugget" vör sich stonn hät.

...Wann dä Jrillständer eines Dachs ens om Fluhmaat zo fingen ess, künnt hä ener Huusfrau us minger Jeneration secherlich vill Freud maache.

Aldi-Rap

Mondaachmorje Stress bedück,
der Aldi brängk sing Schnäppcher hück!
Ich hann kein Zick eröm zo stonn,
ich muss tireck nohm Aldi jonn!

Ich hann noch vill ze kaufe,
dröm muss ich janz flöck laufe,
der Enkaufsbüggel packe,
de Zick sitz mer em Nacke!

Rutwingfläsche,
Deefköhltäsche,
Pämpers för de Puute!
Ledderjacke,
Deich zom Backe,
Hähncher un och Schruute!
Bleisteffspetzer,
Ungersetzer,
Schlappe för der Jade!
Jumminüggel,
Wärmebüggel,
Wo ich lang drop waade!
Jravjestecke,
Weihnachtsdecke,
Böcher för ze laache!
Jummihämmer,
Printemänner,
Baumnöss, die jot kraache!
Puuteschöhncher,
Fröhjohrsblömcher,
Mötz för nit zo freere!

Kaffebunne,
decke Prumme,
Krom zom Dekoreere!

Wat ben ich kapott -
de Nüsele sin fott,
et Auto anjeketsch,
om Dürpel usjeletsch!
Der Ovve nit jestoch,
kei Esse ess jekoch,
der Papp me'm lang Jeseech,
en jeder Hand en Fleech!

Mondaachmorje Stress bedück,
der Aldi brängk sing Schnäppcher hück!
Wat all mer bruch, do nit vill koss -
en aach Daach jeit et widder loss!

E Pröbche jefällich?

Noch för e paar Johre wor et för der Apteker an der Jewende, der Kundschaff beim Enlüse vun de Rezepte en nette Kleinichkeit als Beihau zo jevve.
Do kunnt mer sich üvver e Stöck Seif met apatem Döff freue, oder et jov janz praktisch en Nagelfiel ov en Schier, die esu klein wore, dat mer se immer en der Handtäsch bei sich drage kunnt.
Em Summer wor et vielleich ne Mini-Leppesteff, dä för Sonnebrand schötze dät, un im Winter en Veedel Fläsch

Rutwing met e paar Jlöhwingkrückcher. Als Stammkunde wor mer su an de Präsentcher jewennt, dat mer enttäusch wor, wie de Apteke ehr Kunde nit mih met Werbung an sich binge dorfte.

En koote Zick jov et bei de Millezing kein Extras mih. Ävver et dorten nit lang, do hatten sich de Jeschäffslück dat Problem beköpp, un anplaaz Jeschenke woote Pröbcher verdeilt.

No kunnt mer sich üvver en Tüt met drei Jummibärcher freue, die zwor nit ze üvversinn ene Deu kleiner wore wie söns, ävver jaranteet ohne Zucker un anplaaz chemische Clör, met Rude-Bete-Saff jefärv. Dat kleine bessje BSE - Risiko en der Jelantin ess bei enem Ömesönsje der Kall nit wäät.

Och zwei enjeschweißte Striefe Heffploster met Micky-Maus Fijore dropjedröck sin en nötzlije Opmerksamkeit, wann mer sich beim Picknick unverhoots me'm Täschemetz en der Finger schnick.
Vörusjesatz, dat mer die Plosterstöcke, ehschtens enjepack hät, se zweitens en der Amberasch, wo dä Finger blot wie en Sau, fingen deit, dat se drettens för der Finger vun enem usjewahße Mann breit jenoch sin un veetens, dat dat "Unfallopfer" janz jeck op "Pluto un Goofy" ess.

Wann mer ens vum Rosskastanieextrak en Prob kritt, dä besonders anjesaat ess för Lück, die der janzen Daach stonn müsse un jäjen Ovend decke Föß hann, muss mer dat nit persönlich nemme.
Steit mer en der lang Botz för'm Apteker, kann dä die schön Bein met dönn Fessele doch ja nit sinn, un dat mer en der Bochhaldung der janzen Daach op singem Bretzel setz, steit einem nit op der Steen jeschrevve.
Dröm jeit mer si Aspirin et Bess em koote Röckche kaufe. Dat Fottröckche künnt ävver dozo föhre, dat der Verkäufer

denk mer dät sich der Bretzel verkahle. Dann kritt mer flöck dat sujenannte "Erkältungs-Tuch mit ätherischen Ölen" jeschenk.
Wä dat Doch em Ähnzfall bruch un su wie dat op der Packung opjemolte Männche nohm Bett jeit un em Schlof de jesund Krückcher enodeme deit, weed sie blau Wunder erlääve.
Hä kann am eije Lief üvverpröfe dat dä Werbespruch: "Papier-Flauschtuch getränkt mit Eukalyptusöl, Minzöl und Fichtennadel: Belebend und erfrischend sorgt es für gute Luft und Entspannung, auch bei Erkältung" nit üvverdrevven ess, wann hä för luuter "belebend und erfrischend" de janze Naach pielopräch em Bett steit.
Noh der Naach ohne Schlof jeit mer des morjens om Wäch noh der Arbeit et Bess flöck bei dem Pröbche-Verdeiler vörbei un fröch stekum noh enem Meddel för decke Auge zo köhle. Künnt sin dat hä e Jratistübche hät.

No soll mer ävver nit denke, dat mer vun all denne Saache nit och ens jet prima bruche kann.
Mänchmol süht mer, dat einer e Packett Tempodöcher dobei kritt. Un der Frau nevven einem packen se de Millezing sujar en ene janz dolle Stoffbüggel. Do künnt mer och jet met anfange. Dä dät mer jän heimdrage.

Dem Käl, dä einer bedeent, wör et ävver langwielich, bei jedem Enkauf et selve beizoläje. Su deit hä si Sortiment opdeile un nor de Lück rächs un links nevven einem krijje de Enkaufsbüggele us Stoff.

Mer selver ess hück met enem klitzekleine Stöck "Multivitamin-Power-Kraft-Müsli" met "Mango-Ananas-Mandel-Jeschmack" dobei.
Ovschüns mer op Diät ess, rieß mer tireck vör der Dör dat Blösje op un stopp sich de Müslijrümmele jiehöstich en der Mungk...
Et schmeck no Chemie!

Jeit et och met drückzehn Kilo?

"Nit allt widder! Nit met mer!", saat der Bröchers Fän janz opjeräch wie hä en't Schlofzemmer kom un si Marjännche met de Koffere hanteere sohch.
"Dat eine sagen ich der. Dis Johr packen ich et Koffer selver. Dat zeijen ich der ens, dat mer och met 20 Kilo Bajasch uskumme un en Orlaub fleje kann."

"Maach ens halvlang!", meinten sing Frau. "Do weiß janz jenau, wie mer bei der Hetz op Kreta an't Schweißte kütt. Do ka'mer nit jenoch Blüsjer un T-Shirts dobei hann. Oder meins do ich dät op mingen ahlen Daach em Hutell anfange, e Büttche Bunt em Wäschbecke zo puddele? Dat wöss ich ävver!"

"Dat ehr Wiever immer üvverdrievt. Hann ich jet vun wäsche jesaat? Ich ben et bloß leid jedesmol aachunveezich bes fuffzich Kilo op de Wooch zo brassele un met denne Müsjer beim "check-in" zo pusseere, dat se beidse Auge zodröcke. Ander Lück jonn och nit me'm halve Kleiderschaaf op Reis un müsse doch nit puddelnackich laufe."
"Loss jot sin, Fän," dät et Marjännche enlenke. "Kofferpacke ess no ens Fraulückssaach. Do weiß doch ja nit, wat mer alles bruch. Loss mich bloß jewäde."

Wie der Bröcher hatt blev un sich selver an't packe jov, hatt si Fräuche de Mul voll Zäng.
Su noh un noh hatt jederein all dat beienein, ohne dat mer sich nit bei de Jrieche sinn loße kunnt. Et wor e Jlöck, dat sei nit hüre kunnt, wat hä sich en der Baat mummelten.
Wann mer Müsje hätt spille künne, hätt mer jet vun däm ärme ahle Esel jehoot, der jedes Johr de Klamotte durch de halve Welt püngele muss, derwiel de jnädije Frau nix

drät wie de Verantwoodung un natörlich ehr verdötsch Kosmetikköfferche. Wat de Fraulück met ehrem jeckije Kessje vör ne Buhei maache, ess nit zo verstonn.

Schleeßlich stundten die zwei em Badezemmer vör der Wooch un wie Botter bei der Fesch kom, braat et Koffer vum Marjänn nüngunzwanzich Kilo un dem Fädenand et singe kom op fuffzehn.
"Sühste, Leevje, et jeit doch," saat hä stolz wie ne Pädsköttel. "Ich loren noch ens drüvver, ov ich nix verjesse hann, dann ben ich fädich. Ov do et jläuvs ov nit, dat Selverpacke määt richtich Spass."
Beim Drüvverlore hät der "liebe Jung" noch die ein ov ander Kleinichkeit us - un doför e bessje fresche Luff enjepack, un zojoderletz jingk hä met stolze drückzehn Kilo op Reis.

Kreta! Kreta widdersinn un sterve! No jo, sterve nit jrad, ävver su sät mer, wann mer jlöcklich ess widder op su en schön Plaatz vun der Welt zo kumme.
Flöck jingk mer op si Zemmer em Hutell. För luuter Freud op Sonnebade un Meer jingk et ripsch-rapsch met uspacke un sich för der Strand ze röste.
Doch wat wor dat? Der Fän maat e domm Jeseech un stundt ohne Badeschlappe do. Moot et jetz ens derohne jonn. Kei Malör, die kritt mer he an jeder Eck.
Wie et Marjännche sing sibbe Saache allt lang en der Kabass hät, kros der Fän immer noch em Kleiderschaaf. Si Käppche, dat wieße Käppche, ohne dat hä met singer Plääat nit en de Sonn kann, ess nit bei der Bahn. Hä weiß jenau, hä hät et en der Koffer jedonn.
Noh ess de Plaat enkräme anjesaat. Wann et och för die koote Zick bes zom Ovendesse rusjeschmesse Jeld ess ne Parresoll zo meede, ess et doch besser wie sich allt jlich der Küles zo verbrenne.

"Mannslück un Kofferpacke", ess et Fräuche am pröttele un schrömp op der Strand an. Der "liebe Jung" drei Schrett hingerher. Secher ess secher.

Wie se en Plaatz jefungen un för der "Här, dä met kleiner Bajasch reis", Schatte jemeet hann sät de Bröchers janz verbasert för ehr Hätzblättche: "Saach mer ens, woröm häs do dann noch et Hemb vun der Reis an? För an der Strand häs do doch ne janze Bärm T-Shirts. Wat soll dat?"
"Och Marjännche", sät hä un ess ob eimol janz klein met Hoot un Fedder. "Dat kom mer beim Kofferpacke esu vör, wie wann ich zo vill Kledasch hätt un do hann ich de T-Shirts widder erus jedonn."
"Mannslück un Kofferpacke", laachten si Leevje no laut erus.

Su moot der Bröcher jlich am eeschte Daach enjekleid wäde. Och en de nöhkste Däch schrömte hä immer ens widder janz verstolle en de jriechische Krömcher.
Jlöcklicherwies kunnt im sing Frau met Saache us ehrem Kosmetikköfferche ushelfe. Wann mer zwanzich Johr verhierod ess, kann mer sich Seif, Zantpasta un och et Deo zor Nut ens deile.

Wie et am Engk vun de Ferie op heim an jingk un der Fädenand em Flochhave si Koffer op de Wooch stallt, lorten hä schinghellich ne ander Wäch un saat: "Weißte wat, Marjännche, em nöhkste Orlaub künnten mer jot ens widder en't Zillertal fahre. Janz jenöchlich mem Auto!"

Vör der Selverhuhzick

Ess Selverhuhzick anjesaat,
do jitt et jet ze feere.
Dann weed et Huus en Schoss jebraat,
mer well sich nit blameere.

Dä Selverhuhzicksbräutijam,
dä schnapp sich Färv un Quäßje
un fängk allt jlich ze molen an,
wat jiste un wat häste.

Bes ovends spät hä nält un kros,
jitt sich an´t tapezeere,
derwiel sing Frau om Sofa litt,
deit Katalog´ studeere.

Un wie su schön de Wonnung weed
dat fällt ehr jlich en´t Auch,
se meint dat ahle Kanapee
verhaftich nit mih dauch.

"Kumm, Pitter, lor dä Katalog",
su lock´ se ehre Mann.
"En Couch met Sessele dobei
dat möte mer doch hann".

Vum Wöhle möd, dä äme Käl,
well keine Disputeer
un sät dröm för sing Rauh zo hann:
"Leev Frau, ich jläuven deer.

Mer jonn hück ovend en de Stadt,
beloren uns dat Spill.

Ich hoffe bloß, wat deer jefällt,
dat koss nit jrad zo vill".

Su süht mer se em Kaufhuus dann
beäuje, - of bequem -
un setze Prob´ em Sessel dann,
of nit zu huh de Lehn.

Se setzen he un setzen do,
die jroße Couch schingk räch.
Dä Setz ess fass, dä Rögge huh,
dat fingen se nit schlääch.

Jlich op dä Couch dä Pitter sitz,
jekuschelt en en Eck,
de Selverhuhzicksbruck dobei
weed jihlich dutverschreck:

Dä Bräutijam, dä ärme Käl,
vum Brassel janz kapott,
dä schnorks jlich wie nen ahle Bär,
un ess janz wick allt fott.

Se stupps dä Pitter wackerich,
un sät: "Och leeve Mann,
die Couch, wo do drop schlofe kanns,
die müsse mer doch hann.

Dat eine ävver rod´ ich deer,
wann halde mer et Fess,
dann setz dich op ne Köchestohl,
söns schnorks do vör de Jäss!".

Dat ess Taktik

Mer soll sich nix vörmaache. De Minsche hann all Ecke un Kante. Ov mer vun Fraue ov Männer sprich, se hann all ehr schläächte wie och ehr jode Eijenaat.
Eine Pluspunk muss mer speziell de Mannslück loße. Wann et dröm jeit, en Situazion klor un secher enzoschätze, sin se de Fraulück üvverläje.

Se hann ehr besonder Aat, de Fakte zo bedenke, et För un Widder avzowäje un loßen sich nit vun Jeföhlsduseleie blende.
Se hann der Durchbleck öm dä se mänche Frau beneiden deit. Kein Stemmung, ov jlöcklich oder bedröv, määt inne jet us, wann se en Saach bejribbele.
Steiht ehr Meinung fass, jitt et kei waggele un ömkippe. Se stonn wie ne Baum. Et jitt kei hüh un kei hott wie bei de Wiever, die alle Nas lang ehr Meinung ändere un nit wesse wat se welle.

Em Berof un en der Famillich singe Mann zo stonn koss Kraff un dröm muss och der strammste Käl ens usspanne, singe Akku widder oplade.

Su süht mer am Sambsdaachnommendaach dausende vun Männer met enem rut-wieße Schal öm der Hals us ehre Hötte kumme.
Beim Foßballspill vum ..... nä, loss mer kein Name nenne, mer well jo keinem wieh dunn. Sage mer ens beim Spill vum FC Klätschnaaß jäjen der FC Knochendrüch wellen se em Stadion e bessje fresche Luff schnappe un der Stress avbaue.
Do treffen se op Lück, die sich uskenne un se wessen allemolde janz jenau, wie et öm de Mannschaff steit. Wä sing Form hät, opjestallt weed un wä för e Tor jot ess.

Et weed diskuteet.
Met enem Sieg vun 3 zo 0, hühkstens noch 3 zo 1 ess zo rechene.
Dorop hann sich de Fäns enjestallt.

Einer hät evvens op der Tribün der Träner vum FC "Bayer Schlofpelle" jesinn, jäjen die mer nöhkste Woch antredde müsse.
"Dä well spingkse, wie mer spille för en aach Daach sing Lück jäjen uns enzostelle. Dä weed Auge maache, wie jot mer em Sturm sin. Die Pooschte vun Knochendrüch brängen hück kei Bein op de Äd. Die krijjen jlich en Packung! Wat e Jlöck, dat sich der neue Libero esu jot määt, un och vum Sturm darf mer noh'm letzte Träning allerhands erwaade.
Mer wäde secher allt en der ehschte Halfzick 2 bes 3 Tore vörläje, un dann määt uns Avwehr hingen zo.
Die Knochendrüjje künne sich et Hätz us dem Liev renne, die loße mer am usjestreckte Ärm verhungere. Uns Junge sin richtich heiß op dat Spill. Der Tormann weed denne der Schnäuzer rein un singe Kaste sauber halde."
Su schwaaden dressich- bes veezichdausend Hobbyträner em Stadion.
Wann de Käls späder heimkumme kann mäncheiner, dä nit vill met Foßball am Hot hät ja nit verstonn, wiesu die Klätschnaaße dat Spill anplaaz zo jewenne met 4 zo 1 verlore hann.
Ävver nit dat mer meint, die Männer hädden dat janze verkeht enjeschätz.
Nä! Dat wor doch Taktik!
Der Träner kunnt sing Mannschaff hück nit voll spille loße. Dä hät doch jesinn, dat der Oberfuzzi vun de Pelle em Stadion wor för uns uszospioneere. Do muss mer doch deefstapele, domet dä nit merk, wie jot mer ess. Mer ess doch en Bombeform.

Do darf mer nit de Katz us dem Sack loße un de Kaate op der Desch läje. Dann hät mer de nöhkste Pünkcher allt su jot wie secher.

Dat ess alles Taktik!
Ävver dat weiß en Frau, die av un an ens met noh'm Spill jonn darf, jenau esu winnich, wie dat en Mannschaff och allt ens jäjen der Träner oder jäjen der Vörstand spillt. Dat domme Minsch jläuv sujar, die däten för de Fäns spill-le, die jede Sambsdaach treu un brav nohm Stadion trecke un sich de Lung us dem Hals brölle.

Nä, doför trecken de Stars met de decke Jehälter ehr Stivvele nit an. Och nit för die jung Pooschte us der Südkurv, die ehr janz Täschejeld för Kaate usjevve un stell e Trönche verpetsche wann ehre heißjeliebte FC Klätsch-naaß ens widder keine Kampfjeis zeich un zo möd ess för zo laufe.

Woher sollen de Wiever su'n kumplizeete Saache och wesse?

Allein de Mannslück hann der Durchbleck un der räächte Versteisdemich!
Do kummen de Fraue nit met un dröm hollen se sich bei ehrem Mann jän ene jode Rot, wann se ens en Saach nit esu richtich enzoschätze wesse.

Lihrjohre sin kein Härejohre

För all die dreckelije un schwer Arbeit, für die der Meister kein Loss hatt, wor fröher der Lihrjung zoständich. Hä moot der Hoff kehre, de Leider halde un wor för et Bierholle un de Fröhstöcksbrütcher zoständich.
Maach dat hück ens met enem "Azubi". Dä kennt sing Rächte!
Ich selvs, ovschüns drei mol sibbe alt, ben nie wigger wie et ehschte Lihrjohr jekumme. Un dat kom esu: Minge Mann setz zwor beroflich am Schrievdesch, hät ävver e Hängche för handwerklije Arbeide.
Wann et bei uns derheim jet zo fisternölle jitt, weed keine Handwerker jerofe. Hä jitt sich selver dran: an et Anstriche, Tapezeere un de Knüvereie met Holz un esu. Et dort zwor bei im e bessje länger wie bei enem Profi, ävver wann hä fädich ess, ha'mer alles akkurat un proppper.

Am Wochenengk wor et widder ens esu wick. De Köch wor dran.
Friedaachmorje beim Fröhstöck meint mingen Anstricher: "Ich kummen hück Ovend en Stund fröher heim un fange met der Deck an. Die kann üvver Naach drüjje. Dann kann ich morje fröh jlich et zweite mol drüvverstriche.
Do häs jo der janzen Daach Zick! Dunn allt ens usrüme un avklevve. Dann kann ich tireck lossläje."

Ich ben et selver schold. Wollt jo de Köch widder hell un fresch hann un su fangen ich an uszorüme. Ich dragen de Stöhl erus. Monteer de Lampe, de Köchewooch un de Pinwand av un brängen se en der Keller. Dann püngelen ich dä janze Krom, dä mer erömstonn hät un dä der Huusfrau et Levve anjeblich su leich maache soll de Trapp erav. Dann nemmen ich de Jading av un loßen se bei

dressich Jrad e Ründche schwemme. Ich ben am käche. Ävver et muss wigger jonn!
Ich schnappe mer de Leider, de Plastikfolie un en Roll Tesakrepp. Noh jot zwei Stund sin de Schränk un Dürre avjehange, et Finster avjekläv un der Boddem usjelaht. Öm halver fünf kütt minge Mann. Öm sich nit der jode Anzoch zo versaue, drät hä der Emmer "Alpina weiß" met usjestreckte Häng vör sich herr. Hä süht us wie eine vun de "Hellije Drei Künninge", dä et Jesuskind besöken well.

Derwiel hä sich ömtrick, dunn ich de Färv opröhre, de Lammfellroll drenstuppe un am Jitter avstriefe. Dann fängk hä an zo striche.
Ich halde im de Leider un recke im der Emmer an, domet hä ohne erunder zo klemme der Pinsel en de Färv stippe kann.
En all dä Johre hann ich jelihrt, ohne met der Wimper zo zucke mucksmüsjestell stonn zo blieve, wann hä de Zemmerdeck akkurat, dat se jot deck, mich ävver jottseidank nor he un do met wieße Tuppe renoveet.
Su schaffe mer am Ovend de Deck un lijje jot en der Zick. Am nöhkste Morje maache mer wigger.

Noh der Vörbereitung vun jester Ovend ess de Deck em Rüppche fädich. Dann kummen de Wäng dran. Et ess ming Aufjab, der Meister met jot Wöder zo ungerstötze. Ich kann nit fröh jenoch anfange, in zo lovve. Et bess allt, wann hä de ehschte zwei bes drei Meter vun der Wand jestrechen hät.

Zweschendurch laufen ich en de Wäschköch un dunn op enem Zwei-Plaate-Behelf ming vörjekochte Bunnezupp opwärme. Schleeßlich hät e Päd, wat Arbeid jot Foder verdeent.

Nomeddachs brängen ich im e Pöttche Kaffe met enem Stöck Streukoche dobei. Späder, wann et op Ovend anjeit muss ich in met ener Fläsch Kölsch motiveere, noch nit Fierovend zo maache. Ich strunze, uns Köch wööd e Poppestüvvje.
Et kütt mer janz leich üvver de Leppe för luuter Angs, hä künnt jetz der Pinsel enpacke un ehsch morje fröh met däm Brassel wiggermaache.

Wie hä dann fädich ess un en der Badebüd litt dunn ich putze.
Nohm Dusche kruffen ich hungksmöd en der Naakspunjel. Minge Anstricher fröch, wieso ich dann möd wör, wo hä doch de janze Arbeit jedonn hät un ich doch bloß e paar Handjreff, wobei sich jede Lihrjung em ehschte Johr jelangwielt hädden. Op en Antwoot wad hä hück noch.

Lang hann ich jehoff, ich dät ens en et zweite Lihrjohr opröcke.

Ävver noh der Selverhuhzick hann ich dä Draum bejrave!

Koffer packe

Jedes Johr dat selve Spill:
"Frau, ding Bajasch ess vill zo vill",
su hööt mer schänge mänche Mann,
jeit et op de Ferije an.

Su wor et och bei Päul un Nies,
die hatten allt beim Packe Knies.
Se wollten ens noh Westerland,
jeneeße Welle, Wind un Sand.

För't Nies wor klor, do bruch it jet
för an der Liev, schick un adrett.
En T-Shirt-Shorts Kumbination,
et leevs en blau janz Ton en Ton.
Noch ein en rut, ein jrön wör nett,
domet mer jet zom wäß'le hät!

Seeklima mer nit traue kann,
dröm muss it och jet Wärmes hann.
Su weed natörlich enjepack
lang Botz, Pullover, Anorak.
Un nit zo knapp, dat wör der jet,
wann mer do nix zom wäß'le hät!

Ovends dann beim Prummeneere
well it sich jo nit blameere,
möch jän do stonn als fing Madam,
muss "neuste Mod" em Koffer hann.
Well danze jonn, nit fröh noh'm Bett
weil it kei Kleid zom wäß'le hät!

Wie Päul dat Spill belort sich hatt,
do wor hä ehsch ens richtich platt.
Hä schant: "Nies! Bess do raderdoll?
Jetz häs do allt drei Koffer voll.
Wat ess met meer? Wat soll ich maache?
Wo blieven ich met minge Saache?"

"Leeve Päul, kumm maach kei Spill,
ehr Mannslück brucht doch jar nit vill.
Hemb, Botz, paar Söck, die jonn noch dren.
Ich pack "Rei en der Tube" en!
Als Frau do weiß mer doch su jet:
Ne Mann, kei wäß'le nüdich hät!"

Fremde Wöder

Weed mer och alt, jrad wie en Koh, mer lihrt doch jeden Daach dozo.
Der beste Bewies doför ess uns Nohbersch, de dubbelte Schmitzens met ehre sibbenunachzich Johr.
Et Schmitze Kättche, en echte Kölsche me'm Hätz om rächte Fleck. Als Katharina Schmitz om Eijelstein opjewaaße, trok se noh der Huhzick met ehrem Mann, dem Schmitze Döres nohm Neppes. Wat e Jlöck för e kölsch Mädche, wa'mer sich Katharina Schmitz geborene Schmitz schrieve kann. Un weil se sich domols om Neppes bei ehre neu Nohbere janz stolz als Schmitz jeborene Schmitz vörjestallt hatt, wood se em janze Veedel de "dubbelte Schmitzens" jenannt.

Ne jode Rot vun ehrer Mutter sillich hät se zicklevvens befolch: "Wa'mer sich met fremde Wöder nit uskennt, soll mer et blieve loße ih dat mer sich blameet."

All die Johre ess se met Kölsch jot jefahre, ävver uns Sproch hät sich verändert. Et komen neu Usdröck dobei, an denne och ne ahle Kölsche nit vörbeikütt. Wie "Walkmann, Digitaluhr, Tele-Shopping, Car-Center, CD-Player" unesuwigger.
Domet hät selvs mänch junge Minsch sing Problem, wann hä för e Beispill em Kaufhuus fröch, wo mer e paar Badeschlappe fingk un de Antwoot kritt: "Badeschuhe, vierter Stock bei Aqua Nautik." Hä steit ehsch ens do wie ne Schofskopp.

Wie schwer dat ess, wood de dubbelte Schmitzens am eije Liev jewahr, wie ehre ahle Wecker kapott jingk un se ne neue broot. Do jov et anplaaz Weckere för opzotrecke jetz bloß sujenannte "Digitalwecker" met Batterie. Verbasert hät se jesinn, dat et op dä neu Ohre nit mih halver nüng des Ovends ov veedel vör nüng des morjens ess, doför ävver 20 Ohr dressich oder aach Ohr fünfunveezich. Dä Kauf vun su enem modäne Wecker moot se sich ehsch ens beköppe.
E paar Daach späder hatt se sich üvverlaat, dat ne "Digitalwecker" met Batterie doch jet för sich hät. Su jingk se bei der Ohrmächer un saht laut un klor:
"Ich hädden jän ene Wecker. Eine vun dä neue Genital-Uhre!"

Dat Kreppche hatten Nohberschlück metkräje un et wood de Stroß erop un erav verzallt un kom och bei Schmitz an. Wie de dubbelte Schmitzens kappeet hatt wat se do jesaat hatt, hät se sich ärch jeschammp. Et kom ehr niemols widder e fremb Woot üvver de Leppe bes...

...Bes letz Fröhjohr, wie se wochelang wäjen ärje Buchping nohm Dokter leef. Schleeßlich wor se en´t Spidol jekummme un et sollt en "Computer-Tomographie" jemaat wäde. Vör luuter Angs hät se sich met Ärm un Bein jewährt. Se kräch schleeßlich en Spritz jäjen de Opräjung. Ene Zivi braat se zo der Ungersökung.

Wie se fädich wor un widder avjehollt wood, strohlten se ehre Zivi an wie ne Boor, dä jebich hät un saat: "Leeve Jung, wann ich dat jewoss hätt, hädden ich mich ja nit opzeräje bruche. Dat ess üvverhaup nix Schlemmes met dä neue <Computer-Pornographie!>"

Et Flöjelauto

Op mingem Toon huh üvver Kölle,
do sinn ich alles,
kann verzälle.
De kölsche Minsche
sin mi Jlöck.
Och wann se mänchmol
knatschverröck.

Vun Düx noh'm Dom süht mer se laufe,
op Turnschohn e
paar dausend Mann.
Wellen die sich
Kaate kaufe?
De Poppesitzung
fängk bahl an.
Speimanes säät:
"Do ahle Jeck,
der Marathon
ess op der Streck!"

Süch an, do trick noh'm Henkelmännche,
wat ess dat för
en Prozession?
En löst'je Schwitt
me'm Pittermännche,
en Kölle ess
dat Tradition.
De Lappenclowns,
met vill Zimbum,
hück schlagen se
de decke Trumm.

Beim Foßball well kei Tor mih fluppe.
Wat ess dat bloß
för ene Dress?
Dä Träner mööt
die Käls ens stuppe.
Der Jeißbock kütt!
Dat ess jewess!
Me'm Opstieg klapp
dat secher schon,
hann die ehsch dat
neue Stadion.

Sinn minge Fründ, Franz Jupp Antwerpes,
do drüvven op
der Leider stonn.
Ich jläuv et kaum,
wat ich erlevve.
Määt dä jetz Wing?
Nit zo verstonn!
Et weed jeuuz,
vun Mungk zo Mungk:
Dat jitt bestemmp
nen sooren Hungk!

Un loren ich erüvver,
dann laach ich mich kapott.
Ich setzen immer noch he bovve,
Antwerpes ---,
--- dä ess fott!

Et Flöjelauto

Text: Ingeborg F. Müller
Melodie und Satz: Klaus Meiser

mäßiges Tempo

nach 4. Strophe weiter
Ma - ra - thon es op der Streck!"
Un lo-ren ich e - rü - üv-ver, dann laach ich mich ka - pott: Setz
im - mer noch he bo - ov - ven, Ant - wer-pes es fott!
Refrain wiederholen

Mer kann nit fründlich jenoch sin

Mer kann nit fründlich jenoch sin, hann fröher de Puute jelihrt.
Ne fründlije Bleck un joden Daach, jode Wäch koss keine Penning un määt et Levve leichter.

Wann domols bei enem Jroß noch ne Deener ov ne Knicks för de Pänz an der Jewende wor, ka'mer hückzedachs jot derohne uskumme. Doch si Jäjenüvver anlore un einem nett de Dachszick sage, ess immer noch wichtig. Jrad hück wo jederein nor noch an sich selver denk un mer meint met starke Maue wigger zo kumme, ka'mer met enem nette Woot vill dunn.

Et Hövels Jriet, en Frau engs der Veezich, bei Verwandte un Fründe jot jeledde hoot eines Dachs, dat hinger ehrem Rögge jeschwaad wood. It wör enjebilt un huhpötzich. It dät de Lück nit jröße. Dat wor en Saach, an der et Jrietche ärch zo schlecken hat. Jrad it, wat niemols ohne ne koote Verzäll an Bekannte vörbeileef sollt em Dörp als huhpötzich bekannt sin?

Dä Verzäll jingk im nit us dem Kopp un beim Simmeleere kom et drop, dat et Probleme hät, sich de Jeseechter vun Lück, die et kenneliert, zo merke. It kunnt sich an Name erennere, ävver widdererkenne dät et de Minsche nit immer. Besonders dann nit, wann it se en ander Kledasch un an ander Plaatze triff.
Et kann nor doran lijje, daach de Hövels bei sich, dat ich mänche Lück nit erkannt un se dröm nit jejröß hann. Öm nit wigger en Verrof zo kumme nohm se sich fass vör, bloß keiner zo üvversinn un immer de Dachszick zo sage.

Koot drop kom sei des Sonndachs met ehrem Mann för Schaufinster zo belore üvver de Schelderjass spazeet, wie inne en Famillich bejänt.

Dä Mann kom däm Jrietche bekannt vör un stekum frogten it singe Jupp, dä kei Jeseech verjiss, wat hä eimol jesinn hät: "Wä ess dat? Dä Mann kennen ich jot, dat weiß ich jenau. Ich weiß bloß nit, wo ich dä hin dunn soll. Kenns do die Lück?"

"Nie jesinn," nuschelten hä.

Doch voll jot Vörsätz schrömten et Jriet op die Famillich an un dät die Lück üvverschwenglich bejrößе, wie jot ahl Fründe, die mer noh Johr un Daach widdertriff.

Allemolde, de Eldere un och de zwei Puute, jov it de Hand un su moot och der Jupp de Häng schöddele wobei hä sich ärch blöd vörkom. De Lück lorten e bessje verbasert us der Wäsch. No allerhands Froge wie: "Wat maat ehr em Städtche? Wie jeit et üch dann noch esu?", hann se sich adjüs jesaat.
Selvs et Jriet hatt der Endruck, dat die Frau un dä Mann fruh wore fott zo kumme.

Dat Kreppche jingk dä Hövels lang nit us dem Kopp, ävver se kom beim beste Welle nit drop woher se dä Mann kennt.

E paar Woche späder beim Enkaufe om Maat feel et ehr wie Schuppe vun de Auge, wie se an enem Stand dä Ädäppelsverkäufer met singer speckije ahl Kapp om Kopp süht.
Dat ess dä Käl vun der Schelderjass!
Dat darf doch nit wohr sin! Zackermoot!
Dat wor der Ädäppelsmann, däm ich bahl öm der Hals jefalle ben!"

Mer kann nit fründlich jenoch sin -
oder besser doch nit?

De Traatschwiever

Häs do jesinn?
Et Angenies,
dat ess em drette Plöck.
Läuf morjens fröh am Huus erus.
Süch an, wie dat et jöck.
Belüch mich jlatt,
do jläuvs et nit,
sing Schwester wör malad,
un dat et do jetz helfe jingk.
Wat hälts de vun der Kraad?

Meer wessen alles, wat passeet.
Sin met der Schnüss vörop.
Verzälle jlich der neuste Klaaf,
verloot üch do bloß drop.
Uns Nas, die stich en allem dren,
dat määt uns vill Pläseer.
Dat bröhwärm meer et dragen rund,
doför kaveere meer.

Häs do jehoot?
Der Webers Schäng,
drei Daach wor dä op Rett.
Die Sufffül wor op Käjeltoor.
Do kütt mer nit mih met.
Sing ärme Frau,
die sitz zo Huus,
kriesch sich de Augen us.
Sei hät kei Jeld för Meet un Jas.
Bei meer, flöch dä erus.

Häs do jewoss?
Et Trin un Lis
treffen sich an der Eck,
do halden se ne Kaffeklatsch.
Doheim litt Stöpp un Dreck.
Die fangen an,
janz unschineet,
des Ovends wann der Mann,
kütt möd noh Huus, un möch sing Rauh,
"beim Putze helfe kann".

Su jeit dat en der Nohberschaff
och wann mer nit dran denk.
De Minsche drihen der jet an,
kriss flöck jet anjehängk.
Ärjer dich nit, maach deer nix drus.
Su jeit dat op der Welt.
Bedenk, dat nor dä ess jet wäät,
vun däm mer sich verzällt.

Wat wör mer ohne Nutfallkoffer?

Ne Unfall ess passeet. Mer bruch nüdich ene Dokter un röf de Feuerwehr an. Met Blauleech un Siren kütt flöck der Nutarzt mem Nutfallkoffer zor Hölp. Singe Koffer ess voll jespeck met Millezing, Verbandsstoff un Spritze. Koot met allem, wat hä bruch vör enem Malätzije, ejal wat vör en Krängde dä hät, en der ehschte Nut ze helfe.
Wat wör mer ohne Nutfallkoffer? En Kranköllich wör verlore!

Oder nemme mer för e Beispill ens ne Sambsdaachovend, su jäjen halver zehn:

De Jruftis öm de Fuffzich lijjen vör der Flimmerkess, waaden op de "Sportschau" un nören e Ründche. Medden en de Jenöchde vum Sambsdaachovend bimmelt et Tilefon. Schlofsdusselich jrief dä Papp nohm Hörer. Hä luustert un verdriht de Auge. Dann sät hä: "Ich kumme!" un knallt der Hörer op.
Jrad hät mer ens sing Rauh jefunge, do hängk de Famillich am Tilefon. De Dochter knaatsch: Se kritt ehr Wäschmaschin nit op un wann ehr neu Kleid bes Mondaach em Wäschpolver schwemmp, künnt se et fottschmieße. Et wör ene Nutfall! Der Papp soll doch flöck ens met der Werkzüchkess kumme!
- Oder der Jung kühmp: En singer "W.G." leef et Wasser em Klo der janze Ovend. Hä hät allt en Stund dran jefrößelt. Ov der Papp ene Deechtungsjummi bränge künnt?
- Oder de Oma ess am kriesche: Se kräch der "Videoten-Rekorder" nit projrammeet. Et wör ene Nutfall! Wann nit tireck einer köm, künnt se et "Scarlett O´ Hara" nit opnemme.

Der Papp schnapp de Werkzüchkess, singe "Nutfallkoffer" för de janze puckelije Verwandtschaff un määt sich op der Wäch.
Wat wör mer ohne Nufallkoffer? De Famillich wör verlore!

Och dat kennt mer jo: Met sechs Pund zovill ob de Rebbe, us de Ferie zoröck, hät uns de Oma enjelade. Wie jedes Johr, wa´mer us Spanie kumme, määt se ne kölsche Ovend met Rievkooche un Pittermännche domet meer ens widdder jet öntlijes en der Buch krijje. Noh all dä "Paellas",

"Calamares", däm rude Wing un "Sangria", schmecken der Oma ehr Rievköjelcher wie ze Kölle. Mer hauen öntlich dren.
Jedes Johr dat selve Spill. Am Engk vun de Ferie soßen de Röck jet spack un beim Setze jingk der Rießverschloss an der Botz vun selver op. De Rievkooche un et Kölsch noch op dat "Ferie-Wohlföhl-Jeweech" bovvendrop, do jitt et morje Knaatsch op der Wooch.

Met der Poss kütt en Kaat vum Marie. En Enladung op der Jebootsdaach. Wat dunn ich do an? Wat soll ich maache? Dat jröne Kleid sitz zo spack. En et wieße kummen ich nit mih eren. De Stretchbotz hatt ich et letzte Mol an. Ich sinn et kumme, dat ess ene Nutfall!
Höösch schleeßen ich de Schlofzemmerdör av un taaste janz hingen em Kleiderschaaf nohm Nutfallköfferche! Ich schleeßen op un hann de Uswahl zweschen enem wieße Kostüm un nem jraue Rock met Schlabberblüsje. Ich weiß, alles weed mer passe wie anjejosse. Sujar minge staatse blaue Anzoch dä ich om Ball vum Tennisclub anhatt litt he en mingem Nutfallkoffer. Nit et Orijinal! Nä, alles en däm Köfferche hann ich ein Nummer jrößer jekauf wie ich söns drage. Allles su ze sage: För der Nutfall!
Wat wör mer ohne Nutfallkoffer?
Als Frau wör ich verlore!

För Mutter un Kind

Vör'm Reformhuus un dem Biolade springk einem zick Woche en Reklametafel met däm Sproch: "Gemüsetüte für Mutter und Kind" en't Aug.
Wa'mer neujeerich jewoode, ens durch de Rutte vun su 'nem Lade spingks, süht mer em Rejal jroße brunge Papeerblose stonn. Se sin bedrock met Bilder vun Murre, Schlot, Schavu un Obs. Allerhands Zoote Jemös sin dodren avjeföllt. Drüvver om Pappdeckelscheld steit en altfränsche Bochstave: "Gemüsetüte für Mutter und Kind". Jlich donevve stonn kleinere Büggele. Om Scheld dobei steit: "Singel".

Will mer nit domm sterve, un wä will dat allt, kütt mer an't Simeleere.
Jemös för Mutter un Kind?
Mer denk an Murre. Klitzeklein Puute krijjen als ehschtes Jemös e paar Murre jeraspelt und durch e Lingeläppche jedröck. E paar Droppe vun däm Saff kummen en de Milchfläsch eren, un bal süht dä kleine Ditz met däm brunge Murretäng richtich lecker us.

Wann de Mamm vum Murreschrabbe suwiesu allt jäl Häng hät, kann se sich och jlich en Portiun för Meddach koche. Vitamin A deit och ehr jot, un met frescher Klör em Jeseech kann se sich de Kreechsbemolung met "Make-up" spare. Alsu wäden secher Murre en der Mutter-un-Kind-Blos sin. Vielleich sin och e paar Banane för de Quös un en schön Komkommer för de Mamm enjepack. Fresche Jurkeschieve beim Schönheitsschlöfje op de Auge jelaat solle zehn Johr jünger maache, un donoh hät mer met e bessje Essich un Öl noch jlich der Schlot för et Ovendesse om Desch.

Spinat? Nä, Spinat weed op keine Fall dobei sin. Derwiel weiß jederein, dat dä Verzäll vun däm ville leser Quatsch ess, un en jeplochte Mamm kann nohm Spinatfödere secher janz jot op dä tätschije Flader en de Windele verzichte.

Ov et och en Jemösblos expree för Mannslück jitt? Do wör dä Spinat met Secherheit ärch willkumme. Wa'mer beim Koche en öntlije Portiun "Blubb" dren deit, dräump mänche Käl beim Müffele met verdriehte Auge vum Verona Feldbusch.
Männer, vun Nator us schön wie der hellen Daach, bruche kein Färv em Jeseech. Dröm wäden en denne ehrer Blos secher kein "Möhrcher" sin. Ävver halt! Falsch jedaach! Fröher saat mer, dat rüh Murre jot jäje Würm sin. Un wiesu soll nit och et sujenannte starke Jeschlääch, jrad esu wie de Fraulück, ens unger nem bewächte Innelevve ligge künne? Alsu möten och en ener Mannslücksblos e paar Murre sin.
Doch wat hät mer sich unger ner Jemösblos för ene "Single" vörzostelle?
"Single" sin Lück, die dunn un loße künne wat se welle un op keiner Röcksich zo nemme bruche. Dröm wäden en denne ehre Blösje secher decke Öllich un alle Zoote vun Bunne, wie decke Bunne, jrön Bunne, Fitschbunne, Sorebunne un och leckre Kappes, rude un wieße jepack sin.
Wa'mer eimol beim Thema ess, kütt de Froch: Ess et för ne Mann, ov för e Frauminsch jedaach?
Wann för ene Käl, dann för eine dä e Fräuche sök un hoff dat sich dat Murreschrabbe för ene brunge Täng renteet. Oder för eine, dä de Nas vun Wiever voll hät un dröm leever unschineet fresche Knuvlauf kimmelt?
För luuter Simmeleere weed et einem janz plümerant. Mer denk sich em Stelle: Anplaaz em Reformhuus fädich zor-

teete Jemösbüggele zo kaufe, dät mer besser ens üvver der Maat jonn. Do kann mer noh Hätzensloss alles worop mer Aptik hät enkaufe un fresch op der Desch bränge. Dat wör jesunde Koss met Jenoss un belliger noch bovvendren!

Dat weed hück nix!

Hann Bleisteff jespetz,
der Kopp opjestötz,
un lang simmeleet,
et Rüme probeet.

Bochstave schinge
mich anzojringe,
trett op der Stell,
putz mer der Brell.

E Jläsje jedrunke,
en Daachdräum versunke,
met Silbe jongleet,
wor alles verkeht.

Zo off jehuddelt,
zo vill jestruddelt.
Et ess wie verflix.
Dat weed hück nix!

Dröm loß ich et blieve,
e Rümche zo schrieve.
Papeer en de Tonn,
jonn erus en de Sonn.

Kölle, ming Stadt

Wann ich an Kölle denke,
an dich, ming leeve Stadt.
Ich künnt dich niemols messe,
wäden dich niemols satt.

De Domspetze em Sonnesching,
spazeere lans der Vatter Rhing,
dat freut mich.

Die Hüsjer bunt om Aldermaat,
de Kölsche un ehr Eijenaat,
dat bruch´ ich.

Ne kölsche Funk vum Sachsentoon
stopp met Kamelle sing Kanon.
dat maach ich.

Wann ich jonn durch mi Kölle,
durch ming Stadt.
Föhlen ich mich jlöcklich en Kölle
un ben vör Staune platt.

E lecker Kölsch dat ess jet wät.
Ne Soorbrode, et leevs vum Päd,
dat freut mich.

Kamelle, Strüßjer, kölsche Jeck,
Lück me´m Hätz om rächte Fleck,
dat bruch´ ich.

Dä leeve ahle Kölsche Klaaf,
Tünnes un Schäl, Kölle Alaaf,
dat maach ich.

Wann ich denke an Kölle,
an ming Stadt.
Ich weiß, künnt dich niemols messe,
wäden dich niemols satt.

Kölsche Pänz

Wann ich dräume

Wann ich dräume, su vun fröher,
sinn ming Puutezick vör meer.
Wat hann mer nit all jedrevve,
op der Stroß wor uns Reveer.

Wann mer jöckten op de Rollschohn,
kaum e Auto heelt uns op.
Un mer streuften durch de Jäde,
klommen op de Bäum erop.

Mer hann niemols Nut jeledde
wann et Obs beim Nohber rief.
Kunnte kaaschte jonn un flitsche,
kräten selden se jesief.

Un mer spillten Höppekässjer,
hatten Knick en jeder Täsch.
Selvsjemaat: Kuletsch met Wasser,
zölverten mer us der Fläsch.

Op de Hand, do dät mer klevve
ne Salmjakpastillchestän.
Leet sing Fründin ens dran lecke,
hatt mer se besonders jän.

Wann ich dräume su vun fröher,
föhle mich janz wick zoröck.
En Jedanke dunn ich noch ens,
wat als Puut mich hät bejlöck:

Me´m Avsatz Ömmerkühlcher driehe,
met kooter Botz em Sönnche lijje.
Ming Jlanzbelder me´m Finche tuusche,
em Rundfunk "Kalle Blomquist" luusche.

Der Bahndamm erop me´m Schledde dötze,
met selvsjestreckte Bommelmötze.
Setz Sambsdaachovend en der Bütt,
fruh, dat ming Schwester noh mer kütt!

Wann ich dräume ...

Text: Ingeborg F. Müller
Melodie und Satz: Klaus Meiser

1. streu - ften durch de Jää - de, klom-men op de Bäum e - rop. Mer hann
kaa - schte jon un flit - sche, krä - ten
1. sel - den se je - sie - v.
Wann ich dräu - me, wann ich dräu - me
En Je - dan - ke, en Je - dan - ke
dräu - me su vun frö - h - e - dräu - me su vun frö - h - er, föh - le mich janz
du - rm i - ich no-och e - du - nn i - ich no-och ens, wat als Puut mich
wick zo - röck.
hät be - jlöck.
etwas langsamer
Mem Äv - satz Öm - mer - kühl - cher drie - he
met
Ming Jlanz - bel - der mem Fin - che tuu - sche
em
ko - oter Botz em Sönn - che li - je
Der Bahn - damm rop mem Schle - dde dö - tze
met
Rund - funk "Kal - le Blom - quist" luu - sche

50
Setz Samb - sdaach - o - vend en der Bütt, fruh
selvs - je - streck - te Bom - mel - möt - ze
52
rit.
1.x: D.S.
2.x
dat ming Schwe - ster noh mer kütt! 2. Str.Un mer
A/B:don
53
mf
rit.
pp
Wann ich dräu - me, wann ich dräu - me...
mf
pp
ppp
verklingen lassen

En Milchteut bruch kei Minsch mih hück

Op der Stroß sohch mer se laufe,
met der Milchteut en der Hand.
All die Pänz, ne bungkte Haufe,
jeder hät dat Spill jekannt.

För paar Jrosche scheppten der Milchboor
flöck sing Hälvjer en de Teut,
die om Heimwääch rundzoschwengle,
maat de Pänz de jrößte Freud.

Vörbei de Zick,
un dat bedück:
En Milchteut, bruch
kei Minsch mih hück.

Sonndachs fohr mer en der Stadtwald,
op de Rädder allemann.
Un dann blevv derheim de Köch kalt,
wollten jän ens "Picknick" hann.

Hatt mer lecker do jemüffelt,
laat der Papp sich op et Ohr.
Leddich wor de Kann jesüffelt,
un kom met op Sammeltoor.

Worbele, die dät mer plöcke,
jot verwahre en der Teut.
Selvs de Mamm, die stiev vum Böcke,
sich op Worbelkoche freut.

Vörbei de Zick,
un dat bedück:
En Milchteut, bruch
kei Minsch mih hück.

Doot ehr ens e Kännche finge,
bei der Jroß oder ner Möhn,
rot ich üch, et heimzobränge,
denn en Milchteut ess su schön.

Deit met Blömcher mer se schmöcke
un dann op der Desch sich stelle,
weed se lang noch üch bejlöcke
un vun ahler Zick verzälle.

Jet vun derheim

Wie der Frau Immekeppel ehr Döchterche schulle jingk, wood sei beim Eldernovend en de Schullflächschaff jewählt. Un weil se ehr Pösje met Aki bedrieven un ehr kein Arbeit för de Pänz zo vill wor, hatt se och flöck ene jode Droht zo der Lehrersch vun ehrem Kathrinche jefunge.

Su jingk dat all die Johre bes dat Klein noh veer Johr met der Jrundschull fädich wor un de Klass ehr Avschlossfess heelt.

De Puute däten e Theaterstöck opföhre un donoh met de Eldere un der Lehrersch Kaffe drinke. Wie de ander Eldere

un ehr Pänz donoh fott wore un et Immekeppels Lena am oprüme wor, kom de Lehrersch op eimol met enem Piccolöche un saat: "Leev Frau Immekeppel, wo ör Döchterche jetz op en ander Schull jeit möch ich mich bei üch janz hätzlich för die jode Zosammenarbeit en veer Johre bedanke".
Die zwei Fraue drunke ne Schluck Kribbelwasser un se meinte wigger: "Ehr künnt üch nit vörstelle, wat de Puute uns Lehrer nit all vun derheim verzälle. Mänchmol wesssen meer mih wie uns leev ess. Ävver weil mer uns all die Johre esu jot verstanden hann, well ich üch e Kreppche vum Kathrin verzälle, e richtich schön Annekdötche us singer Schullzick."

De Frau Immekeppel wor verbasert. Se kunnt sich beim beste Welle nit vörstelle, wat et Trinche vun derheim zo verzällen hatt.

"Jo," meint de Lehrersch, "em ehschte Schulljohr, kom ör Weech eines Dachs janz opjeräch bei mich un saat: "Meer hann am Friedaach e janz jroß Fess derheim. Minge Papa hät Blähung un do kummen janz vill Lück zo besök. Oma un Opa kummen extra vum Neppes un et kütt och däm Papa singe Chef un de Kullejen wäjen dä Blähung. Minge Papa hät sujar ene neue Anzoch un ich hann e neu Kleidche kräje, weil die Blähung jet janz besondersch ess."

"Wie, dat darf doch nit wor sin! Dat hät dä Puut verzallt? Dat wor et 25-jöhrije Deensjubiläum vun mingem Mann bei der Sparkass!
Ich hann immer jedaach: Der liebe Jott weiß alles! Ävver wo ich dat jehoot hann, muss ich ensinn: Ene Lehrer, weiß noch vill mih!"

Voll nett

Zo alle Zigge deit sich de Sproch vun jung Lück vun der Sproch vun ehre Eldere un Jroßeldere ungerscheide. De Jugend well sich, besonders en der Pubertät, vun de Jroße avjrenze.
Dat ess och för en Reih vun Johre janz en Odenung. Et hilf inne, sich zo entweckele un ehre eije Wäch zo finge.

Ich weiß noch jot wie zo minger Zick der Jroßvatter sill-lich sich luuter altereeren dät, wann ich en minger Bejeisterung Usdröck wie "klasse" un "super" bruchen dät. Der Besteva kunnt dat nit verknuse un schannt, ich sollt jefällichs öntlich met im spreche. Hä künnt mich nit verstonn.
Wann hä hückzodachs höre künnt wie de Pänz bubbele, köm hä selvs em Jrav noch an et Tirvele.

Fröher dät mer och beizigge lihre, öntlich zo jröße. Dat heesch dann: Joden Daach Frau Schmitz, oder joden Daach Här Schnieder. Mer moot dobei immer der Name nenne. Hück ess mer allt fruh, wann wennichstens noch e "Hallo" kütt. Der Name zo sage, wör allt zo vill verlangk.

Vör kootem kom mich dä Klein vun minger Schwester besöke. Weil ich sohch, dat ming Nohbersch em Vörjade am pöttele wor, hann ich et Jüppche jefroch ov hä ehr och de Dachszick jesaat hät. Do meinten dä Köttel treuhätzich: "Secher hann ich de Frau Schlömer "jehallot". Dat dunn ich immer. Die jitt mer och allt ens e Kamellche wann ich kumme.
Die ess "voll nett"!"
Jung, do moot ich ävver schlecke.
Ehsch weed de Schlömers "jehallot" wie dat neuerdings

heiß un dann soll die voll och noch nett sin?
Dat wöss ich ävver besser!
Em Stelle denken ich: Leev Kälche, wann do wöss, wat mänchmol he en der Nohberschaff loss ess, wann de Schlömers zo deef en ehr Schabausfläsch jelort hät. Nöchter ess sei jo janz ömjänglich, ävver wann se e paar zovill hinger de Bind jekipp hät, ess do nix nettes mih dran.

Su wie ich dat usläje weed dä Jung dat villeich ja nit jemeint hann?
Hä woll bloß sage, dat die Nohbersch nett ess, weil se Lekersch verschenk, un en der Sproch vun de Quös heiß dat dann "voll nett".
Met däm "voll", domet hann se et hückzodachs.
Dem Jüppche sing jroße Schwester, die allt e paar Johr schulle jeit, wor letzte Woch em Schwemmbad. Weil et nit su wärm wor wie der Daach vörher wor do nit vill loss. Dat Weech kom janz enttäusch noh Huus un saat: "Ich hann kei Minsch us minger Klass jetroffe. Hück wor et "voll leer"."

Wann mer nix dovun versteiht fröch mer sich wie et dann leer jewäse sin kann, wann et doch esu voll wor? Oder anderseröm wiesu et dann esu voll wor ovschüns keiner do wor?

Dat met däm "voll" kann einer jeck maache. Ich dät dat vill besser verstonn, wann de Pänz wie zo minger Zick sagen däten: "Em Schwemmbad wor et super leer un de Nohbersch, de Frau Schlömer, ess super nett, richtich klasse."
Wie et em Levve noh ens jeit, mingem Besteva woren ming Usdröck zo modän un för de Puute vun hück jehören ich domet zo de Jrufties.

Dröm halden ich ming Jedanke besser för mich, jröß de Ströpp fründlich met "Hallo" un freu mich wann se zoröck "halloen".
Ehr unbekömmerte Aat fingen ich "voll nett" un stark en Odenung.
Pardon!
"Voll korrekt" un "voll cool"!

Wann nit sujar: "Voll geil"!

Lihrs do jet, dann kanns do jet

Ne jode Rot vun minger Mamm
dä jederein jot bruche kann:
"Läch dich beim Lihre kromm.
Dann blievs do och nit domm."

Lihrs do jet, dann kanns do jet.
Kanns do jet, dann bess do jet.
Bess do jet, küss do zo jet.
Häs do jet, dann wör et nett,
däts söke deer en Frau.

Sök der ein, die jet kann.
Dann ess et ein
die ess jet,
die zällt jet,
die hät jet.
Un hät se jet,
häs do och jet,
dann hatt ehr't richtich nett.

Hatt ehr't dann su richtich nett,
brängk der Storch üch secher jet.
Lächt üch en et Babybett
wal vun beidse Zoote jet:
e Mädche un ne Jung.

Loss ding Pänz jet lihre.
Dann sin et zwei
die sin jet,
die zälle jet,
die hann jet.
Un hann se jet,
häs do och jet,
dann hatt ehr't richtich nett.

Denn lihrs do nix,
dann häs do nix.
Dann bess do nix,
un wees och nix.
Do küss zo nix,
un kriss och nix,
un bess et selver schold.

Mer ess, wie wann et jester wör...

Mer ess, wie wann et jester wör,
ich jläuven et noch kaum,
sinn dich als kleine Weckelditz,
et schingk mer wie em Draum.
Wo bloß de Zick jeblevven ess!
Wo sin de Johre hin?
Mer ess, wie wann et jester wör,
wie kann dat dann nor sin?

Do lochs em Körvje, klein un zaat,
jemurkelt en ding Deck.
Et klitze Dümche en der Schnüss,
wie hät der dat jeschmeck!
Bal komen Hörcher op der Plaat,
kolleraveschwatz un kruus.
Ding Äujelcher wie Stäne klor,
dä Bleck su leev un lus.

Doch nit mih lang, do sohch mer dich
mem Rädche op der Stroß.
Do reefs: "Bal jonn ich en de Schull,
ich ben jo allt su jroß!"
Et Schullejonn maat der Pläseer,
un Foßball wor di Spill.
Wolls Bäcker, Lehrer, Müllmann sin,
ding Schnüss stund niemols stell.

Bal woods do Mann, jings dinge Wäch,
ehsch kromm, un dann jraduus.
Et Levve knuppten dich zerääch,
doch do blevvs leev un dus.

Ding Fründinne, die wäßelten
wie Sonnesching un Rän,
bes endlich kom de Richtije,
do saats: "Die hann ich jän!"

Un bal wort ehr e richtich Paar,
hatt üch e Ness jebaut
un öntlich Näl met Köpp jemaat,
üch en der Kirch jetraut.
Hück, wat en Freud, en Enkelche
ess do, ne kleine Stropp!
Mer sin su jlöcklich un su fruh,
doch meer jeit durch der Kopp:

Mer ess, wie wann et jester wör,
ich jläuven et noch kaum,
sinn dich als kleine Weckelditz,
et schingk mer wie em Draum.
Wo bloß de Zick jeblevven ess!
Wo sin de Johre hin?
Mer ess, wie wann et jester wör,
wie kann dat dann nor sin?

Ich bruch Musik

E Jlöck, dat ich ming Pubertät ohne Katsche un Büle üvverstande hann!
De jrößte Hölp en minger ehschte Levvenskris wor der Peter Kraus met sing Leder. Allem vöran et "Hulla Baby vun der Insel Tillalilla".
Wann et met de Eldere ens widder nit uszehalde wor, dat kunnt met veezehn Johr leich bes zo fünef mol am Daach sin, dät ich mich en mi Höttche verkruffe. Flöck der Deckel vun der Saba-Musiktruh opjeklapp, en Peter-Kraus-Plaat drop, der Tonarm op de ehschte Rill jesatz, un dann hät dä för mich jesunge.
Su schlemm kunnt et ja nit kumme. Ejal ov ich en der Schull en de Bräng - ov derheim decke Luff wor. Wann der Peter et richtich kraache leet, dräumten ich mich met mingem Schwarm op de Insel Tillalilla un minge janze Ärjer wor futtü. Ich sagen et ihrlich: För däm si Hulla Baby zo sin, hätt ich domols Jott weiß jet jejovve.

Rock'n Roll wood en dä Johre ming Millezing för alle Zoote vun Levvensping. Doch nit nor Heffploster för ming kranke Siel, nä leider Joddes och dä Jrund för mänche Zänk me'm Vatter.
Mi Vatter wor vun Berof Musiker. Un dovun jitt et, wie mer weiß, zwei Zoote. De sujenannte "E" wie Ähnze un de "U" wie Underhaldungsmusik.
Weil Unjlöck breit Föß hät, ka'mer sich denke, dat mi Vatter als E-Musiker met däm sujenannte Underhaldungsjedudels, un met Rock'n Roll nix am Hot hatt. Wann der Peter Kraus richtich lossjöcken dät, kom hä wödich en et Zemmer jerannt un brollt: "Dat hööt sich an wie im Nejerkral! Dat ess Hirsebreistampfmusik! En Beleidiung för de Ohre!"
Verstande hann ich dat bes hück nit. "Hirsebreistampfmusik" för su jet schönes wie: "Auf der Insel Tillalilla dort im Märchenland, am weißen Palmenstrand..."

E paar Johre späder jingk för mich ene neue Stän am Schlagerhimmel op. Ich hatt der Harry Belafonte mem "Banana Boat" jehoot, un et jov kei Halde mih.
Mi janz Täschejeld jingk för Plaate drop. Ov et "Mathilda", "Island in the Sun" ov "Cocoanut Woman" wor, ich hann se all jehatt un erop un erunder jeurjelt.
Och en der Flimmerkess sohch mer in. Dat wor ene nette Käl met däm schwatze Kröllekopp. Ich wor raderdoll un ming Kneen woote weich wann ich in sohch. Wat hatt dä Kullerauge! Wie kunnt hä beim Laache sing wieße Zäng bläcke!

Ming ärm Famillich kunnt et nit mi höre, su off hann ich jesaat wann dä Harry Belafonte eines Dachs om Dürpel stünd, dät ich in nit erunder stüsse.
Mänchmol, wann ich beim Spöle us dem Finster loren dät un am dräume wor, saat ming Mamm: "Maach vöran un schlof nit en. Do bruchs nit op de Stroß ze lore, dinge Belafonte kütt nit! Dä kütt hück nit, morje nit un üvverhaup nit!"

De Mamm hatt räch jehatt. Hä ess nit jekumme!
Ich hann et üvverläv. Ben trotzdäm em Levve zeräch jekumme, un eines Dachs stund och einer bei uns om Dürpel. Hä kann keine Ton richtich singe. Ävver alles andere, wat mer em Levve künne muss, kann hä ärch jot.

Immer noch ess Musik wichtich en mingem Levve. Ich höre vill Zoote. Vun "Bach" bes "Vivaldi" un "Eric Clapton" bes "Fats Domino".
Wann ich hückzedachs am Schrievdesch üvver Rümcher un Verzällcher setze, läuf öftersch en CD vum "Joe Cocker".
Sing Leder jefalle mer jot. Trotzdäm bruch dä nit bei meer vörbei ze kumme. Minge Draummann weed dä nie! Su jän ich sing Musik hüre, ävver beim Singe zosinn, kann ich däm beim beste Welle nit!

Durch et Johr

Mäzerbise

Mäzerbise
schlonn op et Jemöt.
Jraupel, Schnei,
kein Vüjjelcher mer höt.
Hann sich
bei Wind un Rän
verkroche.
Mer luustere
doch allt zick Woche,
ov der Mäl
noh Fröhjohrsleedcher ess
un uns verkündt:
et Fröhjohr kütt jewess.

Mäzerbise
schlonn op et Jemöt.
Hagel, Sturm,
die roppen an der Blöt.
Mer sök
bal jeden Daach
em Jade,
voll Unjedold
un kann nit waade,
dat sich Vijülcher,
Krokuss zeije.
En Fröhlingslooch,
ehr Köpp zaat neije.

Mäzerbise
schlonn op et Jemöt.
Jederein

dä ess dann beet un möd.
Möch sich
et leevs em Bett
verkruffe.
Mer föhlt sich wie
nen ahle Schluffe.
Wünsch sich vun Hätze
Sonnesching,
un endlich Fröhjohr
he am Rhing.

Hück jeit alles elektrisch

Der Leyendeckers Hubät met singem praktije Versteistemich hatt ens widder der Näl op der Kopp jetroffe.

Sing Mamm, et Leyendeckers Züff, wat op de Achzich anjingk, dät sich met ehrer schwere Holzrollad an Dör un Finster vör der Terass ärch avploge.
Un su kom der Hubät eines Dachs op de Idee, singer Mamm em janze Huus Motörcher enzobaue, met denne ehr Rollade elektrisch erop un erunderjonn.
An jedem Motor wood enjestallt öm wievill Ohr de Jalosie opjetrocke un wann se widder zojonn soll.
Dat wor för et Züff en Erleichterung, wie no alles wie vun selver leef, ohne dat et sing Fott us dem Sessel hevve moot.
Der Jade wor ehr jrößte Freud. Et maat ehr Pläseer de Blömcher selver zo trecke un zo feukele. Allerhands Zoote

un Klöre stundten en de Rabättcher beienein un se dät sich an der Blötepraach vermaache.
För ehr Blömcher wor ehr kein Arbeit zo vill, un su leef se des Ovends met der Jeeßkann der Jaden erop un erav. Eines Ovends em Juni, wie se jäjen nüng Ohr jrad en der Jarasch ehr Jeeßkann am opfölle wor, hoot se e Jeräusch, wie wann de Rollad erunder jingk. Se leeß ehr Kann falle un leev su flöck ehr ahl Bein se drage kunnte op de Terass an. Ävver zo spät! Wie se öm de Eck jefäch kom, sohch se jrad noch wie de letzte Retze sich schleeßen däten un dann wor de Jalosie zo!

Verbasert stund se doför un kunnt et nit bejriefe. Se hatt sich selvs usjeschlosse. No wor jode Rot dör. Durch de Kellerdör kom se nit eren. Die wor avjeschlosse un der Schlössel stoch vun benne drop. An der Huusdör dat selve Spill.

En ehrer Nut läuf se an de Jadezaun un röf de Nohbere öm Hölp.
De Webers sin och flöck zor Stell, nor vill usreechte künnnen och die nit.
Weil op der Huus- un Kellerdör de Schlössele steche, loßen die sich nit su eifach opmaache un su kütt der Schlösseldeens nit in Froch.
Schleeßlich röf der Webers Franz ehre Son, der Hubät an un se kummen üvverein, dat hä de Mamm avholle soll. Bei däm kann se die Naach schlofe. Wann morje fröh öm halver aach de Rollade huhjonn, kann se widder en et Huus eren, ohne dat mer jet kapottmaache mööt.

Et dort nit lang, do kütt der Jung. Ävver dat nöhkste elektrische Problem ess och nit fän. Dat hä met singem Zweitschlössel an der Huusdör nix usreechte kann, ess klor. Ävver durch de Jarasch kütt hä och nit eren, weil hä der Mamm och do en "Erleichterung" jeknuuv hät un die Dör nor met enem Sender opjemaat wäde kann. Der Sender litt ävver em Schoss vum Jarderobeschaaf.

Schleeßlich muss der Hubät met der Leider üvver der Jadezaun klemme för endlich bei sing Mamm zo kumme.

Ävver wat jetz? Wie kritt mer de Oma bloß erus?

En Aventörche üvver der Zaun kütt met bahl achzich Johre nit mih en Froch un su hollt der Nohber sing Drohtzang. Denn et bliet inne nix anders üvverich als ehr "der Wäch en de Freiheit" opzoschnigge!

Sommer en Kölle

Ies lötsche,
schwemme jonn,
Möckestech zälle,
Sommer en Kölle.

Fahrradtour,
Jadefess,
Bierjade setze,
jlöcklich en Kölle.

Rän em Zelt,
Jrippewell,
Brosskamell lötsche,
och dat ess:
Sommer en Kölle.

Parreplü,
naaße Föß,
Tempodooch kaufe,
un trotzdäm:
jlöcklich en Kölle.

De beste Kreppcher schriev et Levve

Mer hööt immer dat hückzedachs kein löstije Thiatherstöcke mi jeschrevve wäde. Dröm möt mer die steinahl Schwänk opkladunjele, vör üvverhaup noch jet spille zo künne.
Die Knaatscherei hööt mer vum Millowitsch, vum Ohnesorg, un selvs de Poppespiller vum Iesermaat singen die Jömerleedcher.

Ich kann dat üvverhaup nit verstonn!
Bei denne ahl Kamelle, müsse winnichstens veer Düre un drei Schränk em Bühnebild sin. Dat ess nüdich, domet dä ein dä andere nit süht un mer der nöhkste vör se all versteche kann. Die zwei Metspiller, die sich en de ehschte zwei Akte nit ruche künne, sich nit ens em Düstere bejäne dörfe, fallen sich am Schluss en der Ärm un krijje vör luuter Bütze un Knuddele kein Luff.

Ich froge mich, wä will dä Käu üvverhaup noch sinn? Wä ess noch weld op die altfränsche Stöcke, die winnijer "Charme" hann wie e sibbe mol anjestreck Kinderröckche?

Wann se mich frogen däte, (ävver mich fröch jo keiner,) dann dät ich sage: "Ehr Thiaterlück, stippt ör Auge un Ohre doch ens wick op! De beste Kreppenhännesjer schriev et Levve selver. Vörlage för neu Thiaterstöcke lijje ze Baschte op der Stroß. Ehr brucht üch bloß zo böcke, un för e Beispill dat Kreppche wat dem Köbes un singem Finche diese Sommer passeet ess, opzohevve, un et op de Bühn zo bränge!
Wat ess? Ehr wesst nit wat do loss wor? Dann passt ens jot op!"

Der Köbes määt noh Fierovend Musik, dat heiß, hä tritt als Krätzjessänger op. Un weil hä doför de richtije Stemm un et Quetschebüggelspille jot drop hät, weed hä op su männche Festivität ankascheet.
Domet der Jung vörm Optrett noch jet Rauh hät, kutscheet in sing leev Finche me'm Auto zo de Feste.
Su wor et och an enem Sonndaach Engks Aujus. Et wor esu heiß, dat alle Krole jappe däte. Hä wor för ene Fröhschobbe jebuch, dä einer zo singem Jebootsdaach avheelt.

Se woren jet spät dran, weil der Köbes sich em letzte Momang noch ens ömtrecke moot. Si Hemb wor klätschnaaß, nohdäm hä der Quetschenbüggel un de Täsch met de sibbe Saache för der Optrett en der Kofferraum zorteet hatt.
Iggelich, wie se no alle beids wore, jov ei Woot et andere, wie si Fräuche, en kurascheete Fahrerin, öntlich op der Penn trot, för nit zo spät zo kumme.

Do wor de Reed vun Fraue am Steuer, vun dunkeljäl Ampele un Punkte en Flensburch. Fraulück, die länger wie drei Woche verhierod un unger veer Ohre met ehrem Hätzblättche em Auto ungerwägs sin, kenne die fründlije Kleinichkeite allemolde usewendig.
Koot un jot, zor avjesproche Zick fägten se op der Parkplaatz un der Köbes sprung us der Kess. Hä leef noh hingen un klappten der Kofferraum op för singe Krom zo holle. För die zwei en Saach, dausendmol durchjespillt. Koot drop flog der Deckel widder en et Schloss un hä schrömten nohm Enjang.

Zo beredde wor nix mih. Et Finche lorte ne andere Wäch. Et woss, dat am janze Knaatsch bloß et Lampefeber, de Hetz un de Verspädung schold wore. Dat muss mer enem Künsler nohsinn. Et woss jenau, dat der Köbes it jlich noh singem Vördraach leev met enem Bützje bejröß un im dä Optrett för däm Optrett leid deit.

För der Dör wor kei Fitzelche Schatte un weil mer nie weiß wie lang sich dat trick, fohr et Fräuche op dem jroße Parkplaatz bes janz an et Engk. Do stundten e paar Bäum un et leeß sich ushalde. Vun he kunnt it zwor der Enjang nit sinn, ävver der Jung woss jo dat it op in waad. Hä weed dann evvens e paar Schrett om Parkplaatz jonn un dann süht hä der Wage.

Derwiel wor der Köbes bei der Jebootsdachsjesellschaff anjekumme. Hä hatt sing Täsch avjestall un zojlich jemerk, dat hä sing Quetsch em Kofferraum hatt stonnloße. Hä alsu widder erus un do kräch hä de Bejovung, wie et Auto nit mih do stundt.
Dat et Finche, si leev Finche, sich dä Disköösch vun evvens su zo Hätze jenommen hät, deit im Leid. Ävver dat et ohne

jet zo sage heimjefahren ess, in hät stonnloße, dat well im nit en der Kopp. Un de Quetsch hät et och metjenomme! Et ess nit zo jläuve!

För de messlijje Situazion zo rette, heiß et jetz ne klore Kopp behalde.
Hä jeit widder eren un sprich met dem Urjelspiller, dä jrad sing Kummod opbaut, för späder zom Danz opzospille. Su spillt der Köbes schleeßlich de Urjel un brängk dobei sing Krätzjer. Et Publikum ess bejeistert un wie de Lück in noh mänche Leeder, die hä als Beihau noch singen un spille muss, endlich trecke loße, hät kei Minsch jemerk, dat de Quetschkummod fählte.

Nohdäm dat Problem jelüs ess, süht hä der Heimwäch för en Kleinichkeit an. Hä weed e Taxi nemme. Dat hä ohne Nüsele do steit, weil hä si Portemanee dem Finche zom opbewahre en de Handtäsch jejovven hät, määt nix. Jlich jitt et "Gage". Hä bestellt der Wagen un kritt si Honorar, <et ess ene Scheck>!

Määt nix, dat brängk ene richtije Käl nit öm! Jetz allt ens jrad nit! Weed hä sich evvens derheim Jeld holle! Dat wör doch jelaach!
Zo Huus anjekumme, pack hä en de rächte Botzetäsch... nix! Wigger bruch hä nit zo söke, Schlössele sin och kein bei der Bahn.
Der Taxifahrer belort sich dat Spillche un jriemelt.
Beim Nohber nohm zwette Schlössel zo froge, dä se för der Nutfall avjejovven hann, dat kann hä sich spare. Drüvven sin de Rollade erunder jetrocke. De Schnieders lijjen en der Hetz jenöchlich am Baggerloch.

Et ess dem Köbes si Jlöck, dat hä dat locker Schievje en

der Huusdör noch nit repareet hät. Vörsichtich dröck hä et op un kann met Möh vun benne am Knopp driehe. Su kütt hä en't Huus. Dat ess allt ens jet.
Ävver hä hät immer noch kei Jeld för et Taxi zo bezahle. Barjeld ess er kein em Huus. Off jenoch hät hä dem Finche jeprädich, kein Jeld derheim zo loße wann it fottjeit. Dat wör suzesage en Enladung för Spetzbove.

Ene Scheck ess der Uswäch. Bloß, die Scheckkaat, die ess natörlich och en der Handtäsch. Hä sprich me'm Fahrer drüvver un nohdäm dä allt drei Akte vun dem Drama metkräje hät, nimmp hä der Scheck och ohne Kaat un määt sich durch de Kood.

Der Köbes koch vör Woot un liet sich en der nöhkste Sessel falle.
Met einem mol jeit im durch der Kopp, dat sing Frau sich secher och schwatz jeärjert hät un me'm Buch voll Woot heimjefahre sin muss. Ävver he ess se nit. Do weed doch nix passeet sin? Dat dät jetz noch fähle!

Hä höllt dem Fräuche si Nuckelpennche us der Jarasch un fäht en einer Alteration die janze Streck av. Vum Finche nix zo sinn!
Wie hä voll Sorch widder heimkütt, setz si Leevche em Sessel un jitt sich dran: "Häs do se eintlich noch all, mich do en der Hetz zwei Stund waade zo loße? Wie ich dich am söke wor, moot ich mer vun dä fremde Lück anhöre, do ahlen Doll hät's der e Taxi jenomme? Wat soll dä Quatsch?"

Se stonn do wie de Öß vör der neu Schöredör.
Schleeßlich kann der Köbes met singem Bereech vum "unjlöcklije op Heim an kumme" die Saach opklöre.

Se fallen sich unger laache en de Ärme. Et Finche ess jesund widder do. Der Köbes hät heimjefunge un de Quetsch ess em Kofferraum. Wat e Jlöck, dat dat Kreppche an e jlöcklich Engk kummen ess.

...Ich froge mich bloß, woröm ich denne Lück vum Thiater de Arbeit dunn soll? Sollen se doch selvs et Levve beluusche un de Kreppcher opraafe.
Vun meer wäden se nix jewahr.

Un ußerdäm, die drei, veer bes sibbe Malörcher, die an dem Sonndaach em Augus passeet sin, wie et esu heiß wor, dat de Krole jappe däte, di jonn suwiesu kei Minsch jet an!
Un wä mich kennt, weiß janz jenau, dat ich Saache, die allein der Köbes un et Finche jet anjonn niemols wigger verzällen dät!
Un fremde Lück allt ens jar nit!

Et Kunijunde

Em Kiesblättche wood anjekündich, dat Martinsmaat jehalde wööd.
Met minger Fründin fahren ich dohin.

Et ess alles do, wat mer sich bloß vörstelle kann: Bude met Holzspillsaache, met Schofswollsöck, Nossknacker, Fellschluffe, Pöppcher un Döffkääze.
Dem Jlöwingstand jäjenüvver ess en Tombola. Mer hollen

uns ne Becher Wing un beloren dat Spill. Dä Losverkäufer pries an: "Jedes dritte Los gewinnt! Greifen sie zu!" Et weed düchtich jekauf un et schingk wohr zo sin. Alle Nas lang kütt einer un hät jewonne. Mer sinn, wie Kaffe, Praline un sujar Wing avjehollt weed. Ming Fründin sät: "Loss mer och Lose holle."

"Nä," sagen ich. "Ich hann noch nie jet jewonne. Dodrop ben ich nit aboneet."

Ävver et jitt nit op un su kaufe mer schleeßlich jeder e paar. Et Klör hät zwei Zahle jetrocke un et darf nit wohr sin, och ich hann en Zahl dobei.

De Freud ess jroß, wie it en Fläsch Rutwing un ene Stollen kritt.

Dann ben ich dran. Dä Mann lort op ming Zahl, laach üvver et janze Jeseech un sät: "Hätzlije Jlöckwunsch, ehr sid hück et Jlöckskind. Ehr hat der Haupjewenn jetrocke un kritt de Martinsjans, der Sonndachsbrode.

Augebleck. Ich hollen üch flöck dat Dierche."

Ming Fründin liet vör Freud ene Krieh ävver ich stonn stief för Schreck un denke: "En Jans, öm Joddes Welle en Jans. Wat soll ich domet? Ich kann doch jetz nit eifach en Jans brode. Wodrop hann ich mich enjeloße?"

Jlich kütt och allt dä Käl un setz mer ene Ömzochskarton för de Föß. Ich trau ming Auge nit wie ich sinn, dat do e lebendich Dier dren ess. Dat Fedderveh ess am sprattele un schnaddere dat ich Angs krijje. De Lück öm mich eröm maache lang Häls. Ich möch et leevs en e Muusloch kruff-fe, un dat dolle Klör laach sich kapott.

"Dat künnt ehr mit meer nit maache", rofen ich opjeräch. "Wat soll ich met der Jans? Die schnapp noh meer. Ich hann Kadangks!"

"Kein Sorch, Fräuche." jitt hä zoröck. "Ich wollt se üch nor ens zeije. Ich driehen ehr jlich der Hals eröm, dunn se

ruppe un usnemme. Ehr künnt se derheim enfreere un op Zint Mäte en der Backovven däue."
"Hölp! Jode Mann, Hölp! Ehr künnt doch dem Jänsje nix andunn. Dat kann ich nit zoloße. Leever nemmen ich et em Karton met heim. Schlaachte künnt et minge Mann zor Nut selver."
Et Klör ess hellop bejeistert vun mingem Pries. Ävver ich ben fädich met de Nerve wie mer koot drop de Vugelskess em Kofferraum hann.

Derheim anjekumme, minge Haupjewenn avjesatz, ess Levven en der Bud.
Wie minge Mann un de Puute neujeerich en der Karton lore, schnapp dä Vugel noh inne. Et jitt ne welde Disköösch. Dutmaache un opesse kütt nit in Froch, un weil mer nit wesse wohin domet, kritt de Jans ehsch ens em Badezemmer e Nutquarteer.

Der Familijezowachs bruch ene Name un mer finge, dat Kunijunde pass.
Et ess nit zo üvverhöre, dat it derwiel et Badezemmer am usenandernemme ess. Wie einer vun uns späder dringend op et Hüsje muss, liet sich met dem Dier nit verhandele. Et well bieße. Bahl traut sich keiner mih en et Bad un us Kunijunde weed: "Kuno dä Schreckliche".
Uns weed klor, dat mer hück nit mih op der Klo kumme.

Su kann et nit wigger jonn un ming Männer vertrecken sich flöck en de Jarasch un knuven däm Kuno-Kunijunde ene Stall för en der Jade.

Derwiel resten ich mich vun mingem Aventörche met der Martinsjans un üvverläje wat ich op Zint Mäte koche soll.
Et Bess wör secher:
"Koote Kühl met lang Brotwoosch"!

Ne Sonndaach em November

November!
Der schlemmste Mond em Johr, trick sich wie nen ahlen usjelötschte Käujummi. De Däch sin jrau en jrau. De Famillich läuf met muuzije Jeseechter durch et Dinge.

Der Huushaldsvörstand litt om Kanapee un kritt de Zäng nit usenein.
De Flimmerkess läuf allt zick Stunde. Hä drangsaleet de Fänbedeenung. Ävver ejal wie off hä dröcken deit, et liet sich keine Apachenhäupling blecke un et jitt och nit de kleinste Spor vun enem Bleichjeseech.
Och dä Schumi, dä "Famillije-Sonndachs-Spillverderver", hät hück kein Amelung op Monza ov der Nürburgring. "Un doför hann meer uns extra noch vörm Winter verkabele loße", ess minge Mann am knöttere.

De Pänz hann sich en der Woll.
Us der "Bravo" ess en Sick erusjeresse. Usjerechent der "jode Rot vum Dokter Sommer" fählt un dat ess natörlich widder keiner jewäse.
Dat Jezänks määt mich fädich. Ich künnt se an de Wand näle un donoh janz schinghellich nohm Krankewage rofe. Ich weiß! Jo! Pubertät muss sin! Do müsse mer all durch. Ävver doch nit usjerechent em November un dann noch op ene Sonndaach! Dat halden ich im Kopp nit us!

Ich bläddere en der Zeidung un lese, dat op enem Borehoff der neue Bio-Hoff-Lade vörjestallt weed.
Ich froge minge Mann, ov in ene biolojisch jeföhte Borehoff locken dät, ävver hä meint, bei dem Sauwedder dät mer keine Hungk erusjage.
Met minger Bajasch ess hück nix anzefange. Su maachen ich mich allein op de Söck. Ming Muuzepuckele wäden ich dobei nit vermesse.

Koot drop meddendren em Bore-Bio-Paradies ben ich janz bejeistert.
Lans de Wäng op Holzrejale sin allerhands Zoote fresch Jemös un Ädäppel jestivvelt.
Dä Döff vun de Äppel, denne jäle, jröne un denne met rut Bäckcher trick einer wie vun selvs en der Meddeljang. He ka'mer de Auge de Koss jevve.
Mer ess üvverhaup nit klor, wie koot drop eins vun dä Enkaufskörvjer, die üvverall erömstonn, en ming Häng jekummen ess. Vum Bummele un Erömschnuuve litt och allt janz vun allein en Portiun Kühl un ene Andieveschlot dren.

Zweschen all dä Obskörv stonn Säck met Nöss. Do sin Baumnöss, Haselnöss un sujar Aapenöss. Klein Schüffelcher drenjestoche maachen et leich, sich zo bedeene.

Bei Aapenöss dunn ich mer immer op de Fingere kloppe bloß kein zo kaufe. Ming Famillich hät nämlich e Patent drop, de Schale durch de janze Bud höppe zo loße. Ich weiß jenau, dat mer e Pund dovun locker en Veedelstund Stöppsauge enbrängk.
Wie ich no ävver do stonn un de War belore, weed mer jihlich klor, wie dä bedrövte Sonndaach derheim doch noch zo retten ess.

Flöck stechen ich dat Schüffelche en dä Nosssack. E janz Kilo wejen ich av. Dat spendeeren ich hück minger Famillich!
Ich weiß jenau, wann ich jlich heimkumme un ming Hätzblättcher em Wonnzemmer zosammesetze un Aapenöss kraache ha'mer em Rubbedidup en Superstemmung em Dinge. Un endlich ens widder fründlije Jeseechter zo sinn, ess mer dat Stöppsauge wirklich wäät!

E Latänche för et Ziska

Jedesmol, wann ich om Kirchhoff stonn un et Jrav vun minger Bestemo Ziska besöke, muss ich bedröv der Kopp schöddele. Do litt mi leev Ziska nevve mingem jode Besteva.
Stell un friedlich ess dat Jrav unger enem jroße ahle Baum. Et ess en Plaatz, wo ich mich jän ens e paar Minutte ophalde, der Fridden en mich opnemme un mem Ziska e bessje verzälle kann. Wann ich esu stell do stonn un minge Bleck üvver et Jrav un de Blömcher jonn loße, sinn ich och dat Latänche. Dat kleine viereckije, rostije Kessje. Ich sinn, dat dat Krützje bovvendrop allt widder e bessje scheifer steit wie beim letzte Mol, un ich denke bei meer: dat hät et Ziska doch wirklich nit verdeent.

Wie ich noh diese Hervs ens widder su en Jedanke am Jrav stonn un mich üvver die fresch jeplanzte Steefmüttercher freue, do jeit et mer jihlings durch der Kopp: do wees doch wahl jlich di Käzje nit widder en dat ahle rostije Dinge stoppe welle! Jangk dem Ziska för Allerhellije e neu Latänche holle. Kauf jet Schönes, wat im un der selvs jot jefällt.
Jedaach, jedonn.

E paar Daach drop maachen ich mich alsu op der Wäch nohm Westfriedhoff. E Latänche ess flöck jefunge. E fing Dinge, nit su protzich un et Jlas met Facettschleff. Ich weiß tireck, dat ess jet för uns!

Ich well et jlich metnemme, doch do weed mer jesaat, dat Latänche möt op enem Marmorsockel fassjemaat wäde, un ich sollt mer ne Stein ussöke. Üvver der Stein un de richtije Klör muss ich ehsch nohdenke un ens en Naach drüvver schlofe.

Wie ich mich am nöhksten Daach op der Wäch maache, ränt et wie Maria Sief. Ävver ich well op Allerhellije mi Latänche hann un wann et Katz un Hüng ränt.
Jrön, denken ich, künnt de richtije Färv sin, un ich well loore, ov et ne schöne jröne Stein jitt.

Am Westfriedhoff us dem Auto jehöpp, et Paraplü opjespannt un bei däm Sauwedder em Stänekarjär op der Steinmetz an. De Auge strack noh rächs un em Vörbeilaufe de Musterstein beloore. Jitt et üvverhaup jröne Stein?
Un süht dat och us?

Em Wiggerlaufe, - et ess jet met mingem linke Foß! - Ejal, wigger! Ich well noch jet loore un flöck en et Drüjje. No ess och met dem rächte Foß jet loss!
Ich maachen halt, loore noh ungen un denke: mer schleit der Plaggen en!
Der janze Foßwäch ess ne einzije, jroße Ränpohl, un ich Döppe stonn bes an de Knöchele jenau en der Medde! Ich ben janz verbasert un kann et nit jläuve. Ejal, ov ich no vör - oder zoröckjonn. Dat Stöck Wäch ess jlichewick. Un ich medden dren. Et ess nit ze jläuve! Stief wie ne Latänepol stonn ich deef em Wasser.
Dat jitt et doch nit; mer muss doch merke, wammer naaße Föß kritt, dann läuf mer doch nit einfach wigger! Ich kumme mer vör wie der Jeck em Rän, bovven et Paraplü un unge puddelnaaß.
Ich merke, dat ich üvver mich selvs laache muss. Et weed immer mih un platz us mer erus: Ich muss hätzlich üvver ming eije Dommheit laache.
Am Engk versöken ich wiggerzejonn un höppe - laut am laache - us däm Pohl erus. Et Wasser spreuz noh alle Sigge.

Wie kann einem sujet nor passeere?

Noch immer deck voll Laache talpen ich en der Lade vun dem Steinmetz met mingem naaße Krom eren un loore mich nohm Paraplüständer öm.
Do kütt och allt ene Käl us dem Nevvenzemmer un fröch mich fründlich, wat ich hann möch.

Wie ich merke, dat hä an mer erunder süht un wie en Auto loort, weil mer et Wasser bovven us de Schohn läuf, krijjen ich allt widder ene Laachkramp.
Wie ich widder Luff holle kann, entscholdije ich mich bei dem Mann un verzälle, wat mer drusse passeet ess. Et ess mer doch ärch peinlich met der Laacherei, un dä Käl soll nit meine, ich hätt et Schoss erus.

No künne mer endlich op et Latänche un der Stein ze spreche kumme. Hä fingk Jrön och ärch jot un ka'mmer nor dozo rode. Flöck ess och ne Stein jefunge, un mer maachen der Pries klor un die Zick, wo ich alles avholle kann.

Ich ben fruh, dat minge lächerlijen Optrett verjessen ess un nemme ming Paraplü för heimzejonn. An der Ladedör well ich et opmaache, - et jeit ävver nit! Met knallrudem Kopp fangen ich an ze struddele: "Leeven Här, et ess mer peinlich, ävver ich kann nit jonn, weil ich met mingem Schirm en der Schnall vum Ränmantel fasshange!" Ich trecke un rieße am Jödel, och an dem Schirm, ävver et deit sich nix! Ich hange fass wie anjekläv.
Hä süht sich dat en Zick lang an un jriemelt vör sich hin. Dann meint hä: "Loßen se mich ens versöke. Dat kann jo nit schwer sin".

Wat bliev mer anders üvverich. Hä jitt sich an et trecke, för dat Paraplü avzekrijje. Op eimol sät hä: "Et ess nit ze jläuve, ävver dat hät sich esu fassjeklemmp, ich muss tatsächlich de Zang holle un de Jödelschnall kapottmaache.

Ävver waden se ens, ich hann he en Polaroidkamera. Do maache mer ehsch ens e Bild vun. Sujet, dat jläuv inne kei Minsch!"

"Nä, nä!" rofen ich. "Ehr brucht kei Bild zo maache. Dat ess jo dat Schlemme. Wann ich dat doheim minger Famillich verzälle, dat jläuv mer jeder!! Ming Lück wessen dat jo, dat mer luuter de dollste Saache passeere. Ich jläuv bahl, et jitt nix, wat et bei mer nit jitt!"

Zwei Daach vör Allerhellije hann ich dat fädich monteete Latänche nohm Kirchhoff jebraat. Et jefällt mer ärch jot, un et Ziska weed wahl och sing Freud dran hann. Wann ich e Käzje ansteche denken ich off, dat Latänche ess prima. Jot, dat do et jekauf häs, ävver dat Kreppche drömeröm; sujet Beklopptes kann nor mer passeere.

Mer möt...

"Mer möt sorje, dat de Minsche en Afrika Brunne krijje, för winnichstens klor Wasser ze hann."

"Mer möt de Frauen en Indie Nihmaschine schecke, dat se för ehr Famillich Jeld verdeene."

"Mer möt de Lück en der drette Welt Saatjot jevve, dat se Koon un Jemös anbaue künne."

"Et Kumitee" nennen sich de Fraulück, allemolde jot anjedonn un met jet an de Föß. Se setzen em wärme Sching vun Adventskäze em stelle Eckche vum Kaffe.
Se beschwade, wat inne om Hätze litt.
Mer süht su vill Älend en der Welt, ov mer de Zeidung opschleit ov der Fänseher anmäät.
Jrad jetz en der Adventszick, wo mer et selver wärm un jenöchlich hät, ka'mer bei all dä Nut die et jitt, doch nit zolore!
Do muss mer doch jet dunn!

Dat hann se sich vörjenomme un su söken se noh ener Müjjelichkeit för zo helfe.
"Ävver: Mer möt secher sin, dat de ärm Lück dat Jeld och wirklich krijje!
Mer möt sich drop verloße künne, dat nix en verkehte Täsche kütt!
Mer möt eine kenne, dä eine kennt, dä et wirklich nüdich hät!
Mer möt...!
Mer möt...!"

Stell sitz en alt Fräuche am Nevvedesch un höt denne jesalvte Fraulück zo.

Üvverall op der Welt, denk se bedröv, selvs he bei uns jitt et jenoch Minsche, denne et dönn durch de Rebbe blös. Wie jän dät ich do och jet helfe.
Wann ming Rent bloß nit esu klein wör!

Se bezahlt ehr Tass Kaffe un jeit nohm Klo.
Beim Hängwäsche träntelt se bes de Klofrau mem Lappe en ner Kabin verschwind. Dann husch se unjesinn erus. Op et Tellerche hät se stellches ene Fünf Eurosching jelaat.

Ov Niklos kütt?

Wick drußen em Wald, jo do ben ich zo Huus,
un Anfang Dezember kumm ich erus.
Do maachen ich mich allt zick Johre op Rett,
för üch zo besöke, bräng Päckelcher met.
Ich packen der Sack voll met himmlije Saache,
met Plätzjer un Nöss well Freud ich üch maache.

Ov klein Pänz ov Jroße, ich halden se em Aug.
Weiß, wä wor nixnötzich, un wä nit vill dauch.
Ich maache ming Endräch em joldene Boch,
un dunn et mer merke, wä jot sich bedroch.
Bräng Spillzüch för Pänz, die brav sin un kein Klute,
do bruchen ich ja kein Rütcher för die Puute.

Kumm jän üch besöke ov et ränt oder schneit.
Doch zick e paar Johre do ben ich et leid.

Vill hät sich jeändert, nix bliev wie et wohr.
Dat weed selvs däm ahle Zint Nikelos klor.
Hann Foßbäll un Poppe en der Sack jedonn,
doch Pänz welle Kompjuter un Pokemon.

Un kummen ich met Nöss un met Mandelkähn
sagen se: "Mon Cherie, dat hätte mer jän".
Och vun minge Printe dä himmlije Döff
kütt nit an jäje Pizza un Dönermöff.
Bräng ich üch e Fläschelche Musel eran
heiß et pritsch: "Unger Schampus fange mer nit an".

Dat halden ich em Kopp nit mih us!
Nä, doför kumm ich nit us dem Wald erus!

Kom extra me'm Schledde,
huh voll jelade,
bei der FC, daach,
et kann jo nit schade,
die Pooschte met Prämie
zo motiveere,
Tore zo scheeße,
statt suffe un feere.
Kaum dat ich de Nüsele
inne jebraat,
hann se bloß "Unentschieden"
hinjelat.

Dat halden ich em Kopp nit mih us!
Nä, doför kumm ich nit us dem Wald erus!

Adventskranzkäzekaffeklatsch

"Sid ehr och esu em Chressdachsstress?", frogten et Lisbett sing Fründinne. Se hatten sich, wie jede ehschte Mettwoch em Mond, zo ehrem "Möhnewibbel" jetroffe. Dat wor allt zick dressich Johre esu.
Et Traudche, wor dismol me'm Adventskaffe dran. It hatt dröm ne besonders finge Koche met Schukelad, Karneel un sujar met rudem Wing dren jebacke. Et jriemelten un saat: "Mich deis do hück besser nit froge."

"Mer jeit de Zick laufe," meinten et Angenies. "Ich hann noch kei einzich Jeschenk un och noch kein Idee, wat ich holle künnt. Wann ich wennichstens wöss, wat ich op Chressdaach koche soll, jingk et mer allt besser."

"Nä, mem Koche maachen ich et mer dis Johr eifach," dät et Marie enwerfe. "Letz Johr hann ich stundelang en der Köch jestande för ming Jans ze brötsche. Dat maachen ich nit noch ens. Ich ben doch nit jeck!"

"Bei mer hät et och nit anders usjesinn," saat et Lisbett. Et Angenies un et Klör däte mem Kopp nicke. Och sei kunnten e Leedche vum Köchemaraton op Chressdaach singe.

Et Marie kom en Faht: "Am Sambsdaach wore mer bei unsem Döchterche, beim Simone op der Jebootsdaach enjelade. Dat Kind hatt en Ent opjedesch, do kunnt mer "Sie" för sage. Minge Hein un ich hann lang nit mih su lecker jejesse. Dat ha'mer unsem Weech ja nit zojetraut un it düchtich jelob."

"Do künnt uns Melanie sich ens en Schief vun avschnigg-ge," saat et Klör. "Dat jitt sich üvverhaup nit an et koche.

Bei dem jitt et bloß flöck jet Deefjeköhltes us dem lesfach ov en Pizza."

"Waad av, ich ben jo noch nit fädich," dät sich et Marie widder melde.
"Wie mer jrad esu üvver dem Simone sing Kochkünste am strunze wore, dät it üvver et janze Jeseech jriemele un saat: Nit dat do jet jläuvs Mama. Der Aldi, "dä beste Fründ för de Huusfrau" hät mer jeholfe. Dä hät Ente em Fach för deefjeköhlte Krom, die sin allt fix un fädich för zo brode parat. Die bruchs do nor noch op Alufolie en der Backovve zo däue, un noh ner Stund häs do fädich jekoch. Die Alufolie flüch hingerherr en der Müll, un mer hät och nix mem Spöl am Hoot."

"Jo, ess et dann müjjelich!" saat et Lisbett. "Dat ess nit zo jläuve!" jov et Traudche singe Mostert dobei.

"Doch jläuvt et mer," hoot mer et Marie, "un wesst er wat de modän Huusfrau noch op der Pann hatt? It maat mer klor: Mama, saach mer ens wann solle meer jung Fraue, nevven unsem Berof, dann noch de Zick finge wie fröher stundelang en der Köch zu stonn un ene Brode zo kitzele?
Dat deit mer hück nit mih. Vun ming Fründinne köm kein einzije op de Idee Bunne zo fitsche, Kappes zo hubbele ov Jemös zo stuuve. Dat sin doch alles ahl Kamelle."

"Wann ich an dä Wöhl en der Köch denke, dä ich jede Chressdaach am Hals hann künnt ich jlatt met dinger Dochter tuusche." mummelten et Angenies. Och die ander Wiever däten mem Kopp necke.

"Dann maat et doch och esu," dät et Marie vörschlage. "Bei mer jitt et dis Johr keine lange Üvverläch. Ich fahre morje Fröh noh'm Aldi un holle mer dä Entebrode. En Tüt Krokette dobei, die mer em Backovve opbacke kann. Der rude Kappes kütt bei meer dis Johr ens us dem Jlas. Ich ben nit fies för neu Idee wann se jot sin. Woröm solle mer Ahle nit och jet vun de Junge liere künne?"

"Räch häs do Marie," reef et Lisbett üvver der Kaffedesch. "Ich ben dobei!"
"Ich och", hoot mer vun Klör, Angenies un Traudche wie us einem Mungk.

"Avjemaat," saat et Traudche. "Mer maachen dis Johr all nen Entebrode vum Aldi. Ävver schön de Schnüss halde! Nix verrode!"

"Dat ess doch Ihresaach", meint et Klör. "Oder meint ehr ich dät minger Schwiejermo dä Vugel vum Aldi unger de Nas rieve?
Dann hätte mer ävver en "schön" Bescherung!"

Parkverbot

Et wor am 6. Dezember des Ovends su jäjen sibben Ohr op der Nüßerstroß om Neppes.
En städtische Politess wor zweschen Daach un Düster op "der Pirsch" för enem ärmen Höösch e Knöllche unger de Schief vum Auto zo klätsche.

De Autofahrer em Veedel woren om Kiwif. Villeich wollten se ehr Jeld för Chressdachsjeschenke zosammehalde un nit för der städtische Büggel verkujaxe. Jedenfalls wor dat

Fräuche en der blo Uniform schlääch jefusselt. It wor der janzen Nommendaach noch nit esu richtich op sing Schröm jekumme.

Ävver no wor op der ander Stroßesick endlich en Offer jefunge.
Akkerat em Parkverbot stund e klein, altfränsch, joldlakkeet Auto.
Em Stänekarjär jöckten de Knöllchens-Tant üvver de Stroß un jreff allt beim Laufe nohm Schrievkrom för tireckte-mang amplich en Akziun zo tredde.
Se belorten et Nummerescheld un schreff der Strofzeddel.

Zo jlicher Zick kom us dem Huus ene Mann jelaufe. Wäjen der bistije Kält wor hä deck en singe rude Mantel enje-mummelt un hatt och de Kapuz deef en't Jeseech jetro-cken.
Hä reef: "Halt! Waad ene Momang, Mädche! Ich ben jlich widder fott."

"Nix do! Dat sät jeder. Dat ha'mer jän!" jov sei pritsch zoröck. "Ehr stoht he em Parkverbot un do kennen ich nix. Ehr sid dran un do jitt et keine Disköösch."

"Ich hann ävver ja nit jepark", saat dä Autofahrer. "Ich hann bloß jet usjelade un dat Us- un Enlade ess och em Parkverbot müjjelich", un zom Bewies dät hä ene leere Sack schwenke.
"Dä Sack wor voll vun Äppel, Nöss un Printemänner för de Pänz. Oder soll ich ärme, ahle Mann dä janze Krom om Rögge lans de Stroße püngele, wo doch jederein he koot ens jet uslade darf?"

Iefrich dät hä met singer Rot dräue un do lorten die Politess in et ehschte Mol richtich an.

Am wieße Ruuschebaat, dem Krüz op singer Bruss un de wieße Händche wood se der Hellije Mann jewahr un do jingk ehr op eimol de Fott met Jrundies.

"Nix för unjot", leeven Zinter Klös" fing se an zo struddele.
"Dat hann ich nit jewoss! Jläuvt meer, dat wor nit esu jemeint!
Hellije Mann, sid mer nit kott."

Un esu flöck wie ehr Bein se drage kunnte, maat se sich durch de Kood.

Hellije Mann, bes nit su streng

Hellije Mann, kumm och bei uns.
Hann lang op dich jewaad.
Mer singen deer och Leedcher,
mer Junge un mer Mädcher,
un hoffe, dat do küss,
uns Puute nit verjiss.

Hellije Mann, bes nit su streng.
Ding Rut, die loss em Sack.
Als Kind, hät mer et hück nit leich,
muss cool sin, nit zo knapp.

Ming Fründe laache mich all us,
kumm ich me´m Teddy an.
Dröm:
Loss dat met däm Schöckelpäd,
och Pöppcher sin nit "in".
Läch leever mer ne Jotsching
för der "Mac Donald" hin.

"Inliner" künnt ich bruche
zom Spille op der Stroß.
Ne Helm dobei wör klasse,
wann dat nit zo vill koss.

E superjeil neu Handy,
köm mer vun Hätze räch.
Weil leider minge Vatter,
op däm Ohr höt su schlääch.

Dann kann ich der och schecke
en koote "SMS",
wann mer als Chressdachswunsch noch
jet enjefallen ess.

En Freikaat för et Kino,
fünf Euro dunn dobei,
dann hann ich jlich mi "Popcorn"
un och e "Cola" frei.

Die Kaat am Engk noch dubbelt,
dat wör ne echte "Hit".
Dann nöhm ich janz spendabel
ming Mama och ens met.

Hellije Mann, bes nit su streng.
Ding Rut, die loss em Sack.
Als Kind, hät mer et hück nit
leich,
muss cool sin,
nit zo knapp.

Wat schenk mer der Oma?

Wann mer der Jroß fröher en Freud maache wollt, loch mer met enem Blüsje ov ener Streckjack joldrichtich. De Klör moot schwatz sin. Dat wor de Haupsaach.

Hückzodachs kütt mer domet an de verkehte Adress. Schwatze Plute dragen bloß de Weechter us der "Zahnspangejeneratiun".

En modäne Oma hät noch vill Schwung un möch ehr Kledasch leever en pink, blau ov quiddejäl.
Och wie fröher dem Jrößje op Hellije Mann en wärme "Rheumalindjarnitor" zo schenke, dät sich hück keiner mih traue. Domet dät mer en e Fettdöppe tredde, wo mer jlatt dren schwemme künnt.

Et ess alsu jar nit esu eifach et Richtije zo finge. Dröm hööt mer immer widder die Froch: "Wat schenk mer der Oma?"

Och de Heuckebachs, et Nett un der Jirret, hatte letz Johr e Problem me'm Chressdachsjeschenk för ehr Jroß. Domet inne dat nit noch ens passeet, wollen se em Hervs ehr Oma op der Kaffe enlade un se mem Höhnerkläuche noh enem Wunsch usfroge.

Se rofen de Mamm an, ävver ne Termin för ene Besök avzospreche, dat hatten se sich leichter vörjestallt. Am Sonndaach, sät de Jroß, kann se nit kumme. Do fäht se met de Fründinne noh Bad Neuenahr op der Tanztee. Am Mettwoch spillt se Bridsch. Do kann se nit avsage. Am Friedaach jeit et och nit, dann muss se för neu Dauerwelle bei der Frisör, weil se am Mondaach mem Lisbeth op de Kanare flüch.

Wann se zoröck wör künnt mer noch ens üvver de Enladung telefoneere. Ävver met Kooche esse wör dann nit vill, weil se noh zwei Woche em "All-Inclusiv-Hotel" met e paar Pündcher zovill op de Rebbe heimköm.
Dann wör se streng op Diät.

Schleeßlich blevv ehr nit vill Zick för avzonemme weil se en Kreuzfaht em Mittelmeer jebuch hät, för us dem jraue November fott zo kumme.

Ehr janz Levve hät se nix vun der Welt jesinn. Do möten de Pänz verstonn, dat se op ehr ahl Daach ens wigger wie der Kirchtoon lore wöllt.
Noh der Scheffsreis meint se, wör et janz leich sich zo treffe, weil se jo der janze Advent üvver en Kölle ess bes op dat eine Wochenengk, wo se noh Hamburg en et "Musical" fäht un die drei Daach nohm Chresskindches-maat en Nürnberg.

Et Nett ess platt wie ne Rievkoche un kann bloß noch en et Telefon struddele: "Ess jot Mamm, späder, mer treffen uns späder."

Dem Jirret fählen de Wöder un dat will jet heiße. Hä jrief noh der Kunjaksfläsch un schött zwei Dubbelte en. Dä hann se jetz nüdich.

Wie se ehr Jlas avsetzte meint hä: "Nettche, dat mer zwei ahl Esele do nit fröher drop jekummen sin. Wie wör et, wann mer der Jroß för Chressdaach e schön Ovendkleid kaufen däte? Su wie die drop ess, weed se et secher och Silvester un Fastelovend jöcke."

"Jenau, Jirret! Dat ess en jot Idee. Ävver do künne mer nit su en eifach schwatz Kleid holle wie ich et drage. För der Oma ehr Verjnöjungstörcher muss et ein't sin met Lurex un Paillette!"

Wat Chresskind bruch

Wat ess dat bloß för ne Zorteer?
Dem Chresskind ess der Kopp hück schwer.
De Engelcher die hööt mer schwaade,
Schrievdesche sin huh belade.
Wünsch kummen an op Kaat, op Breef.
Hück flupp et nit, jeit alles scheif.

För Schäng do wünschen Papp un Mamm,
weil hä jo noch nit schrieve kann,
e Dreirädche dat wör "dä Hit".
Weil sujet hät dä Jung noch nit.

Ne Püngel Breef wood hück jescheck,
Chresskind verleet der Üvverblick.

De Engel flejen durch et Dinge,
Wünsch vum Nies sin nit zo finge.
Wat kritt Hein un wat der Pitt?
Do kütt dat Chresskind nit mih met!

Su määt de Arbeit doch kein Freud,
et Chresskind deit dem Niklos leid.
Unschineet sät hä dröm luuter:
"Chresskind, do bruchs ne Computer!
Met " www. Chresskind com"
weed dat he all em Rüppche jonn!"

Wat wor dat fröher ne Zorteer,
dem Chresskind wor der Kopp su schwer.
Dröm loot ör Breef un Kaate blieve.
Doot dem Chresskind E-mails schrieve.
Wünsch kummen an, wie flöck dat läuf.
Jetz flupp et jot, jeit nix mih scheif.

Wat Chreßkind bruch

Text: Ingeborg F. Müller
Melodie und Satz: Klaus Meiser

frei im Tempo, wie gesprochen
1. Pün - gel Breef wood hück je - scheck, Chreß - kind ver - leet der
2. määt de Ar - beit doch kein Freud, et Chreß - kind deit dem
1. zum Refrain
2.
breiter
1. Üv - ver - blick
2. Nik - los leid.
Un - schi-neet sät hä dröm luu - ter
rit.
Chreß - kind, do bruchs ne Com - pu - ter! Met
a tempo
rit.
We We We Punk Chreß-kind com weed dat he all em Rüpp-che jon!
Refrain wiederholen

Et Kreppespill

Noch veezehn Daach bes Hellich Ovend. Ich ben ungerwächs för Jeschenke zo kaufe un bejäne der fröhere Lehrerin vun uns Puute.
Se ess en Iel. Jlich kummen de Pänz för et Kreppespill zo probe.

Om Heimwäch denken ich an dat Johr, wo unse Jung em drette Schulljohr, der Hellije Josef spille dorf.

Domols kom hä voll Freud us der Schull, weil hä em Kreppespill der Balthasar spillen dorf. Doch üvver Naach hatt hä sich dat bejribbelt un woll no leever der Hellije Josef sin. Et Sonja dät et Maria spille un do wör hä ne vill bessere Josef wie dä Tillmanns Heiko, dä de Mädcher immer zänken dät.

Et ess im verhaftich jelunge dä Balthasar jäjen der Josef zo tuusche. Ich daach mer domols jlich: dat Sonja, als Hellije Maria muss do der ens jenauer belore.

En der nöhkste Zick wor Tex lihre anjesaat un mer hann e Kostüm zeräch jefummelt. Weil dä Hellije Josef vun Berof Schringer wor, hann ich de blaue Schringerschützel, die minge Mann beim Heimwerkere drät, kööter jenieht un dem Pöschje anjepass. Us dem Papp singem ahle Bundeswehrparka wood et Fell usjeknöpp. Dat jov ne wärme Mantel, dä däm Kreppespiller bis op de Stivvele feel. Dat ahle speckije Hötche vum Opa rötschten im deef üvver de Auge. Mer kunnten et im ävver jenau esu winnnich usredde wie dä met allerhands Suvenirplakättcher benälte Spazeerstock Marke: "Jroß vum Drachenfels". Vör Lampefeber immer kribbelijer, dät unsem Fetz et Esse nit mih schmecke un hä hatt luuter Buchping. Am Ovend vör der Opföhrung kräch hä op einmol der "Flöcke-maach-vöran". Jitz wor jode Rot dör! E Kreppespill un dä Hellije Josef muss luuter op et Hüsje? Nit uszedenke!

Met vill jot Wöder un Kamilletee hatte mer in dann esu wick, datte spille kunnt. Ähnz un kniggewieß em Jeseech, stundt hä nevven singer "Sonja - Mutterjoddes". Mer kunnt im ansinn, wie hatt de Herberchsökerei jewäse wor, un wie schwer hä an singer Verantwodenung för et Maria un dä kleine Jesus droch.
Nohdäm sing ehschte Sätz jot jeflupp hatte, jingk et och meer besser un ich kunnt dat Spillche jeneeße.

Wie ich et Hellije Maria me'm Schleier üvver de Löckcher su andächtich am Kreppche kneen sohch, kunnt ich verstonn, dat minge Jung leever met zosammejepetschte Backe der Hellije Josef spillt als wie känjesund der Balthasar.

No komen och de Heete eran, et Kind anzobedde. Einer hatt der Anorak verkeht eröm, et Plüschfell noh uße anjedonn un droch si Kuscheldeer, e klein Schöfje om Ärm. E klei Mädche droch jäjen de biestije Kält en der Hellije Naach e fing Nerzjäckche. Ne Enmaachsjummi heelt de opjesträuvte Maue. Et hatt e Körvje fresche Eier för et Jesukind dobei. Hoffentlich sin die hattjekoch, jingk et mer durch de Kopp.

Dä drette Heet, jespillt vum Impekovens Benjamin, däm kleine Knüselspott, hätt ich unger dausend tireck erusjefunge. Hä stundt met ener Rotznas am Kreppche. Öm der Hals hatt hä met ner Kood ene Flokati ömjebunge, dä allt lang kei Wasser un Wäschpolver mih jesinn hatt.

Noh de Heete komen de Puute, die et Volk spillen däte, op de Bühn. Dobei och dä Herberchsweet, dä jetz sujar en Flönz als Jeschenk braat. Dä Weet droch e brung Ledderschützel, dat im bes üvver de Kneen recken dät. Die maat en staatse Fijor us däm kleine Kälche, wann hä mich och e bessje an der Mählwurms Pitter vum Hännesje erenneren dät.

Et wor en rundsöm jelunge Vörstellung un de Pänz hann sich jefreut, wie et Publikum am Engk düchtich en de Häng klätschen dät. Se mooten sich immer widder zeije un verbeuje.

Donoh komen för de fesslije Adventskaffe allerhands Zoote vun Plätzjer op der Desch, die de Mütter selvs jebacke hatte.
Weil mer dä Impekovens ehre Flokati, dä dunkelwieße, nit us dem Kopp jingk, hann ich mich vörsichshalver an selvs jekaufte Printe un Peffernöss jehalde.

Vörm Altar

De Pastorin vun der evanjelische Jemeinde dät anfroge, ov ich op der Adventveranstaldung met jot 150 Lück en kölsche Lesung halde künnt.
Weil ich su jet öftersch un jän maache, hann ich zojesaat. Vörjesinn wor, dat zoehsch en Ovendesse opjedesch wäde soll un donoh mingen Optrett met kölsche Rümcher un Verzällcher zor Advents- un Chressdachszick.
Wie de Pastorin mer am Telefon saat, wör et nett, met e paar besennlije Texte anzefange, ävver dann dörf et och jän e bessje löstich wäde.
E Projramm su richtich noh mingem Jeschmack.

Wie ich an dem Ovend do ankumme, jonn ich links öm de Kirch eröm wie se et mer am Telefon explizeet hätt. Ich kann ävver der Enjang zom Faarsälche em Dunkele nit finge. Ich ben ärch verbasert, dat en dem janze Jelände nit ens de kleinste Lamp an ess. Ich weiß mer keine Rot un tippele schleeßlich ovschüns et meer do em Düstere ärch plümerant ess, zwei mol öm de janze Kirch eröm.
Ävver nix zo sinn vum "Versammlungsraum". Bloß hinger einer Dör, die ich för de Kirchedör halde, sinn ich Leech un höre Stemme. Do weed wahl noch en Ovendmess jehalde, jeit et meer durch der Kopp. En minger Nut däuen ich janz höösch die Dör op vör zo spingkse.

Jlich kütt och allt de Pastorin un meint: "Mer hann plötzlich en unsem Sälche ne Wasserschaden. Dröm moote mer die Fier kootöm en de Kirch verläje. Kutt eren, mer sin jlich mem Esse fädich."

Ich ben nit schlääch üvverrasch, wie unkomplizeet die Lückcher met dä Situazion ömjonn. En der janze Kirch, vum Enjang bes tireck an der Altar, sin lange Desch - un

Stohlreihe opjestallt. Dran setze de Lück un loßen sich, wie ich sinn un rüche kann, de Jänsekeule met rude Kappes un Ädäppelsklöß schmecke.

Wie se mer en Plaatz am ehschte Desch stracks vörm Altar zowies, muss ich schlecke. Ich föhle mich unsecher un weil et su eng ess üvverläjen ich, wo ich wahl jlich bei mingem Vördraach stonn soll.
Als hädden se ming Jedanke errode, fröch mich de Pastorin ov ich vun der Kanzel erunder spreche künnt, dat wör am Eifachste. "Vun der Kanzel? Nit vun der Kanzel", struddelen ich.
"Jo, dann stellt üch an der Altar, vun do jeit et och janz jot", meint sei. "Öm Joddes Welle! Vum Altar erunder? Dat möch ich nit. Stellt mer et Mikrofon leever woanders herr, söns krijjen ich vör luuter Alteration kei Woot erus." Su weed et dann och jemaat. En dä kleine Retz vun kaum enem Meter vum Altar bes zom ehschte Desch, weed der Mikroständer opjestallt un ich kann anfange.

Ich quetsche mich hinger die Flüstertüt un föhle der kahle Stein vum Altar em Rögge. Weil för mi Böcherpult kein Plaatz mih ess, halden ich et Boch, de "Manuskripte" un der Projrammzeddel en der Hand.
Ich bejröße de Lück un derwiel ich wie jewent am Anfang en klein Enleidung maache, söken ich verzwiefelt en Jeläjeheit för minge janze Krom us de Häng zo dunn, weil ich jo späder em Boch bläddere un us dem Manuskript lese muss. Och et Projramm hädden ich jän en der Nöh avjelaat, vör spingkse zo künne wie et wiggerjeit.

Leider jitt et för mich kein Müjjelichkeit ußer - der Krom op der Altar zo läje.
Ävver dat trauen ich mich nit. Ich hann deef benne dat Jeföhl, dat ich unsem Herrjott noch nie su noh wie hück

op der Liev jerötsch ben un föhle mich schineerlich. Dröm behalden ich schleeßlich der Papeerkrom en de Häng un dem Herrjot em Himmel, oder villmih hinger mingem Rögge, sagen ich en Jedanke: "Leeven Herrjott, wann mer zwei et hück esu eng hann, dann helf mer, mich he op su ener besondere Plaatz, noch dozo ohne Avlag, jot durchzohuddele un denne Lückcher ene schöne Ovend zo bede."

Mi Stoßjebet ess schings anjekumme.
Nohdäm de ehschte zwei Rümcher locker jeflupp hann kummen ich jlöcklicherwies janz jot en Faht. Och dat Jeföhl, dat et sich nit scheck wann ich mich beim Vördraach bewäje un dobei met der Fott an der Altar stüsse lieht noh.
En mingem Projramm hann ich allt vun der Hellije Barbara un dem Zinter Klos jesprochen un noh jeit et lantsam op der Hellijen Ovend an.
Beim Publikum kummen ich an un der Applaus vun 150 Lück - medden en der Kirch - deit mer jot.
Immer widder kütt dä Jedanke, wie locker die Evanjelische domet ömjonn un wie de Katholische off noch alles kumplizeere. Et jefällt mer he immer besser un su noh un noh föhlen ich mich richtich jot drop.

Wie immer hann ich mi Projramm su opjebaut, dat ich am Engk e löstich Verzällche bränge, wo mer noch ens hätzlich laache kann.
Ich läje alles Papeer wat ich jetz nit mih bruche op de Äd, schlag mi Boch op un bränge zom Avschluss dä Verzäll wie se ene Dannebaum jekauf hann.
Et määt mer Spass wie de Lück an de richtije Plaatze laache. Doch op eimol krijjen ich de Krämp, wie mer enfällt, dat ich jlich an en Stell kumme, wo vun ener Oma en ehrem Korsett de Red ess.
Ich soll vun der Oma em Korsett verzälle un stonn vörm Altar?!

Tireck vörm Herrjot?
Dat jeit doch nit!!!
Wat soll ich bloß maache?
Mer brich der kahle Schweiß us un derwiel ich us mingem Text wigger vörlese, kütt die "sündije" Stell immer nöher. En mingem Ennerste jeit ene haade Kampf vör sich: Wann mer en der Kirch allt rude Kappes un Jans esse darf, Wing drink un sich amüseet, darf mer dann och dovun spreche wie et bei der Oma ungerm Rock ussüht?
Wo ess, wann mer bovven vörm Altar steit de Jrenz zo trecke?

Et kütt wie et kumme muss!
Ich üvverschlage dä knibbelije Satz!
Wie ich mich schleeßlich fix un fädich för der Applaus verbeuje, denken ich: "Jott sei Dank, dat ich fädich ben! Dat hädden ich kein Minutt länger usjehalde.
Ävver dat Honorar wat ich hück Ovend krijje, dat wäden ich dismol jlatt als "Schmätzensjeld" ansinn!"

Ich jläuv meer hann en Chressdachsmuus

Kütt die schöne Zick Advent,
wärm un hell et Käzje brennt.
Papp un Puute Baumnöss knacke,
Mamm deit Weihnachtsplätzjer backe.
Schnappen sich de Plätzjedos
Auge sin vör Schreck janz jroß.
Loren sich verbasert an
Mamm sät wä wor bloß he dran.

Ich jläuv meer hann en Chressdachsmuus,
uns Pänz die sträufe durch et Huus.
Hann mer alles durchjekros
woren an der Plätzjeblos.
Et ess wie jedes Johr:
Dröm muss ich laufe,
neu Printe kaufe,
Mändelcher hacke,
Zimpstäne backe,
Möndcher ussteche,
bruch noch drei Bleche.
Hann meer jedaach: Dat weed en lang Naach.

Dannedöff trick durch de Stuff.
Niklos kütt met däm Hans Muff.
Papp lort jlöcklich op sing Quösjer,
sin su brav hück, die klein Ösjer.
Vun de Plätzjer en der Kess
nit mih vill ze fingen ess.
Laachend schöddelt Mamm der Kopp,
kennt doch ehre jriese Stropp.

Ich jläuv meer hann en Chressdachsmuus,
der Papp wor hück allein em Huus.
Hät mer alles durchjekros
wor och an der Plätzjeblos.
Et ess wie jedes Johr:
Dröm muss ich laufe,
neu Printe kaufe,
Mändelcher hacke,
Zimpstäne backe,
Möndcher ussteche,
bruch noch drei Bleche.
Hann meer jedaach: Dat weed en lang Naach

Puute blieve nit lang klein.
Kummen Chressdaach ävver heim.
Papp besorch et staatse Tännche.
Jans brötsch stundelang em Pännche.
Un de Pänz, die freuen sich,
Plätzjer kummen op der Desch.
Nit mih vill om Teller litt.
Mamm kniep löstich ehrem Pit.

Ich jläuv meer hann en Chressdachsmuus,
uns Pänz sin op Besök em Huus.
Hann mer alles durchjekros
woren an der Plätzjeblos.
Et ess wie jedes Johr:
Dröm muss ich laufe,
neu Printe kaufe,
Mändelcher hacke,
Zimpstäne backe,
Möndcher ussteche,
bruch noch drei Bleche.
Hann meer jedaach: Dat weed en lang Naach.

De Chreßdaachsmuus

Text: Ingeborg F. Müller
Musik und Satz: Klaus Meiser

Han mer al-les durch-je-kros, wo-ren an der Plätz-je-blos. Et es wie je-des Johr:
Dröm muß ich lau - fe, neu Prin-te kau - fe, Mä-del-cher ha - cke,
Dröm muß ich lau - fe, neu Prin te
Zimp - stä - ne ba - cke, Mönd - cher us - ste - che,
Mönd - cher us -
bruch noch drei Ble - che. Han mer je-daach: dat weed en lang Naach.
ste - che, bruch noch drei

Der Chressbaumständer

Nach der Erzählung eines unbekannten Autors/ einer unbekannten Autorin ins Kölsche übertragen.

Et wor e paar Woche vör Chressdaach.
Ene Famillijevatter wor dobei de Läuv opzerüme un dä ahle Krom för der Sperrmüll uszezorteere. Hä hatt allt de Koffere, Hotschachtele un Kartongs durchjewäult un no krosten hä en däm jroße, ahle Kleiderschaaf eröm.
Hä trok en verschlesse Wolldeck fott, die op dem Boddem vun däm Schaaf loch, un wor verbasert, dat do ene ärch verstöppte Chressbaumständer stundt.
Hä belorten sich dat schwere, altfränsche Dingen ens jenauer un dobei feelen im ene Drihmechanismes un och en enjebaute Spillwalz op.
Wie hä vörsichtich an der Kurvel drihten, kunnt hä dat Leed: "O du fröhliche" erkenne. Dat muss dä Chressbaumständer sin, vun däm de Jroß immer verzällt, wann et op Chressdaach anjeit, jingk et im durch der Kopp.
Dat Dingen sohch schlemm us: su verstöpp, verross un de Färv avjebläddert. Ävver däm Mann kom ene jode Enfall. Wie wöd de Jroß sich freue, wann se am Hellijen Ovend vör dem Baum söß, un dä op eimol - wie fröher en der jot ahl Zick - anfangen dät, sich zo drihe un dozo "O du fröhliche" spillen dät?
Un nit bloß de Jroß, nä, de janze Famillich wöd sich nit mih enkrijje.

Et wor im jelunge, sich met singem "Antikche" stekum en si Bastel- un Knuvkabüffje zo verdröcke, ohne dat in einer jesinn hatt.
Hä üvverlaat: Wann ich dä Ständer öntlich saubermaache un en neu Fedder enbaue, mööt ich die Mechanik doch widder an't Laufe krijje.

Des Ovends dät hä sich jetz för ze fisternölle en si Knuvkabinettche verkruffe. De Dör wood avjeriejelt un op die Frogerei vun der Famillich heeß et immer "Üvverraschung vum Chresskindche!".

Koot vör Chressdaach hatt hä et jeschaff. Der Chressbaumständer wor tipp topp repareet un fresch lakeet. Dann trok hä loss, ne Baum ze kaufe. Et dorte nit lang un hä dät ene staatse, zwei Meter huhe Dannebaum en si Stüffje drage. Der Ständer met däm Baum drop wood sujlich usprobeet. Et fluppten alles wie am Ködche. Wat weed uns Oma Auge maache!

Endlich kom der Hellije Ovend.
Su opjeräch wor der Vatter lang nit mih un hä saat. "Et Bäumche dunn ich allein schmöcke!" Un domet alles su wie fröher wor, hatt hä echte Waaßkäze jekauf. Bei jeder Kugel, die hä en der Baum hing, saat hä met 'nem Jriemele: "Die wäden Auge maache!"
Hä hatt ävver och verhaftich an alles jedaach! Der Stän vun Bethlehem soß bovven op der Spetz. Kugele, Leckerjots un Wunderkäze woren opjehange.
Der Baum üvver un üvver met Engelshoor un Lametta jeschmöck.
Et wor alles parat.
Et Chresskindche kunnt kumme!

Der Vatter hatt för de Jroß dä Sessel met der huh Röggelähn eranjeschlepp un met de Stöhl drömeröm em Halvkreis vör'm Dannebaum opjestallt.

No wood de Oma un de Famillich en der Köch avjehollt un en ner Prozessiun en't jode Zemmer jefoht. De Jroß kom op der Ihreplaatz zo setze, de Eldere rääch un links dovun un de Puute op de üßere Stöhl.

Jetz kom dem Vatter singe jroßen Optrett!
Bedächtich dät hä Käzje för Käzje ansteche. Dann komen de Wunderkäze dran. Hä worf sich en de Bruss un saat janz fierlich: "Jetz kütt die jroße Üvverraschung". Hä lüsten de Sperr vum Mechanismes am Chressbaumständer un leef flöck op sing Plaatz.

Lantsam dät sich der Chressbaum drihe. De Musikwalz spillten "O du fröhliche...".

Jösses! Nä! Wat wor dat en Freud!
De Pänz klätschten verjnöch en de Häng. De Jroß wor janz jeröhrt. Se hatt Trone en de Auge un se saat immer widder: "Wann der Jroßvatter dat noch erlevve künnt! Dat ich dat noch met minge eije Auge sinn darf!"
De Mamm kräch vör Staune kei Woot erus.

En janze Wiel belorten de Famillich üvverjlöcklich ehre staatse Chressbaum, dä sich do en singem Fessjewand drihte.

Met einem Mol ress e Knattere de Famillich us ehrer Andaach. Der Baum drihten sich wie doll. De Musikwalz dät lossjöcke un et hoot sich an, wie wann "O du fröhliche..." sich selver üvverhollen dät.
De Mamm brollt: "Vatter! Dunn doch jet! Stell dat Dingen av!" Un ehr Stemm üvverschloch sich bahl dobei.
Der Vatter soß vör Schreck stief wie en Jipsfijor op singem Stohl. Dat heelt dä Baum nit dovun av, beim Tempo noch e Schöppche dropzoläje.
Hä drihten sich jetz esu flöck, dat de Flamme hinger de Käze herrwihe däte.
De Jroß dät sich säne un och jet bedde. Un se saat openeus: "Wann der Jroßvatter dat noch erläv hädden."

Als ehschtes dät sich der Stän vun Bethlehem vum Baum lüse un jöckte wie ene Komet durch et Zemmer. Hä klätschte jäjen der Dörrahme un feel dann erav op et Hüngche, der Felix. Dä ärme Möpp sohch mer us dem Zemmer fäje, wie wann en Bei in jestochen hätt...
Dat Lametta un et Engelshoor stundten pielopprääch un flochen rund wie e Kettekaressellche am Dannebaum.

Der Vatter brollt: "Allemann en Deckung!"
Ene Engel met jolde Flöjel floch durch et Dinge. Hä woss met singer Freiheit nix räächtes anzefange. Am Engk blevv hä en der Jading vum Wonnzemmerfinster hange.
Dat Kugelespill, de Pefferkooche un et Leckerjots, wat met Schabau jeföllt wor, sausten wie Silvesterrakete durch de Bud un däten beim Opschlagen usenein baschte.
Die Waaßkäze woren zom Jlöck bei däm "Fahrwind" vun allein usjejange.
De Puute hatten sich hinger der Jroß ehrem Sessel verstoche.
Der Papp un de Mamm lochen platschtich om Buch op der Äd un däten beidse Ärme üvver ehr Köpp halde.
De Mamm kresch un jömerten en der Teppich: "Alles ömesöns! Dä janze Brassel! Alles vör de Katz!"

De Jroß soß immer noch op ehrem "Loogeplaatz" un kunnt sich vör Schreck nit reppe un wäje. Sei wor vun bovve bes unger met Lametta verzeet.
E Stöck vun däm jeföllte Chressbaumschmuck floch ehr an et Backe un broch usenein. Se dät ens höösch met der Zungespetz an däm söße Brei lecke un rejistreete janz drüch: "Hm! - Williams Birne!" Un noch ens kom ehre Sproch: "Wann der Jroßvatter dat noch erläv hätt!"

Die Musikwalz wor zo däm janze Spillche luuter noch am jaule: "O du fröhliche...", bes der Mechanismes vun däm

schöne ahle Chressbaumständer met enem deefe Käche singe Jeis opjov.
Wie dä Baum su flöck zom Stonn kom, laat hä sich janz bedächtich op de Sick, jenau op et "Kahle Büffee". En Häd Dannenodele feelen en de Kump me'm Hirringschlot.

Et wor mucksmüsjestell. Mer kunnt en Stechnodel falle höre.
De Jroß, die jetz ussohch wie wann se bei der "New Yorker Konfettiparad" jewäse wör, raaften sich op un dät der Kopp schöddele. Un wie se us dem Zemmer jingk trok se en Jirland vun Lametta wie en Schlepp hinger sich her. En der Dör saat se: "Wat e Jlöck, dat der Jroßvatter dat **nit** mih erläv hät!"

De Mamm wor fix un fädich un schannt me'm Vatter: "Wann ich mer ding Bescherung ansinn, ess der ding jroße Üvverraschung verhaftich jeflupp!"
Un der kleine Schäng saat: "Pappa, dat wor ech cool! Maache mer dat jetz op Chressdaach immer esu?"

Jlöcksillije Chressdäch

Wann de Pänz Präsentcher knuve,
un der Mamm et Schaaf durchschnuve,
et Finche schriev: "Ich hädden jän...".
Dann ess Chressdaach nit mih fän.

Blanke Schohn flöck opjestallt.
Am veete kütt Zint Bärb jo allt.
De Quös op Plätzjer spikeleere.
E Rötche dät se ärch schineere.

Jlöhwingdöff trick durch de Stuvv.
Der Niklos kütt met dem Hansmuff.
Brängk Leckersch un zom Spille Saache,
well brave Pänz en Freud hück maache.

An däm Sonndaach em Advent,
wann hell et veete Käzje brennt,
schleich hösch der Papp sich janz verstolle,
zor Läuv erop, et Kreppche holle.

Un der Stall, dä selvs jemaat,
weed dann met Moos fing usjelaat.
Et määt im Freud, ehr künnt drop zälle,
die ahl Fijore opzostelle.

Äppel, Nöss un Mandelkän.
Jetz ess Chresskind nit mih fän.
Mer wünschen, dat et an üch denk
un üch "Jlöcksillije Chressdäch" schenk.

Jet hingerdren

E Fänjespräch

(aus der Berliner Mundart übertragen in das Kölsche)
Nach Kurt Tucholsky, "Ein Ferngespräch"
In: Gesammelte Werke Band 5 (1927), S. 224 ff.

"Hier ist nochmals das Fernamt. Ich möchte Sie darauf aufmerksam machen, dass Sie möglichst langsam und möglichst dialektfrei sprechen müssen; der Telefonverkehr für solche Gespräche, wie Sie eins angemeldet haben, ist zwar freigegeben - aber nur unter der Bedingung, dass der dortige Überwachungsbeamte den Gesprächen folgen kann. Wir haben nun die Erfahrung gemacht, dass regelmäßig getrennt wird, wenn die Teilnehmer Dialekte oder fremde Sprachen sprechen. Wir weisen Sie in Ihrem Interesse darauf hin."

"Is jut, Secher dat. Versteit sich."

"O jömmich! Do klingelt et. Dat muss et sin, dat Fänjespräch!
Trina, bräng ens flöck de Pänz en de Köch un schleeß de Dör hinger inne av, dat se mer nit derzwesche schraatele!

Jooo? Pitter, bess de do? Pitter! Wat sät dä? Pitter! Pitter! Bess de do? Tach, Pitter! He ess der Juhupp! Jo! Ich sprechen deswäje su vörnähm, domet die Häre Biamte verstonn künne, dat mer nix sage, wat verbodden ess! Hör ens, Pitter! Wie jeit et der dann noch esu? Jot, jo? Süffs de noch esu vill? Loß et doch blieve! Dat ess schläääch för de Neere - de Neere! de Neere! - steit do no einer op der Leidung ov häss do der ding Ohre nit jewäsche? Pitter! Pass ens op! Ich rofe wäjen dem Billa an! Pass ens op: Et Billa woll jo jetz hierode, weißde, net? Jetz well singe Tuppes it ävver nit hierode - enä! Hä well nit! Hä sät, dä drette Puut wör no och nit vun im - hä sät, zweimol hätt hä sich dat met anjesinn, ävver et drette Mol, säht'e, liet hä sich dat nit jefalle! Hä wör kein Verwahrschull för ander Lück ehr Pänz!

Pitter! Bess de noch do? No hät dem Köbes singe Schwoger, jo, dä Döskopp, dä beim Billardspille immer esu fuutelt - jo, jenau dä! Jo, dä hät dem Billa doch no die janze Möbele för de Wonnung besorch, et Bett un de Kommod un et Schaaf - Stöck för Stöck us Mahajoni - no sitz et do met däm Krom.

Pitter! Bess de noch do? Wat sähs do? Nohm Jereech laufe? Do häss wal ene Hau met der Pann? Wat för en Idee - nohm Jereech laufe? Dä liet it opfleje, dat weiß de doch janz jenau! Secher dat - dat bruchs de meer nit beizebränge, wie mer su jet määt! Knallkopp! Ene Knallkopp bess de - ävver secher! Nä. Enä! Mann, wann de esu lang wörs, wie de domm bess, dann künnsde us der Daachkall suffe! Do blieven ich bei. Alsu pass ens op: Jetz sitz it do met singe janze Möbele. Jetz ha'mer jestere beim Heukeshoven üvver die Saach jeschwadt - et Lisje wor och do un der decke Breuer, dä luuter der Huhpöözije markeet, un dann der Kolvenbach.
Alsu ich brängen dä Verzäll su janz pö a pö, janz doll mem Höhnerkläuche, op die Saach... ich hann inne et eesch e bessje enjejovve, nä, kein Millezing...
Pitter? Pitter! Bess de noch do? Un noh ner halv Stund woren se dann esu wick. Jo. Der Kolvenbach wor tireck knöll... met dä andere kunnt ich noch schwade. Ich hann inne dat Anjebott jemaat... un bei där Jeläjenheit si'mer noch op en ander Jeschäff jekumme...

Pitter? Pitter - hätts de Loss, di alt Jadehüsje jäjen e Müllemer Bötche enzetuusche - dat heiß - dat nimmp der Breuer deer widder av, mer dunn bloß esu. Hä nimmp dat Jadehüsje, un dann jitt hä deer dat Müllemer Bötche... dat heiß: dat Bötche jehö't im jar nit... hä deit bloß, als wör et im, bes hä die Jrosche, die hä noch ze krijjen hät, enjedrevven hät... vum Kolvenbach singem Son! Dä kenns de doch, net?

Pitter? Pitter! Wat hälts de vun där Saach? Wadt ens en Amelang! Mi Trina ess he su ne Radau met de Möbele am maache!

Trina! Wells de wal Rauh halde! Wadt, loß mich ens he fädich sin - dann krissd'ere ävver ein vun meer jekläav, dat de dich tirvels!

Pitter! Pitter - wat hälts de vun där Saache? Wat? Dat wells de nit maache? Wiesu dat dann nit? Woröm wells de dat nit maache? Dat ess doch e dudsecher Jeschäff! Wat? Mann, do muss de ävver öntlich eine jepetsch hann - do süffs och, bes dat der Schabau an de Ohre eruskütt. Woröm wells de dat dann nit maache? Der Breuer tritt die Anspröch av...
Wat? Wat? Secherheit? Mer sin doch he nit bei der Bundesbank, Pitter! Wat sähs de? Dat wells de nit? Dat wells de nit? Jung, dann wäden ich der ens jet sage: Do bess ene janz duselije Blötschkopp, dä nit en uns Zick pass! Jo, jetz, wo et met de Dollars vörbei ess, do jitt hä op! Nä, för dich maachen se kein neu Inflatiun! För dich nit! Och, jangk doch fott! Och, maach doch esu wigger! Do wees die Koh nit melke! Do nit! Ävver dat well ich der noch sage - ich wäden der ens sage, wat do mich kanns - do kanns mich -

Pitter! Pitter! Pitter! Jo? Ich wor jrad met däm Här am bubbele!
Wat säht hä-? Jo, solls de dat dann för müjjelich halde?! Jetz hät dä Jeck ungerbroche, weil ich im nit huhdütsch jenoch jesproche hann! Fänamp! Frollein, ich hann jeschwadt wie unse Pastur em Huhamp, un dä ungerbrich? Su wie ich he schwade - su ne Käu, Tialeck! Tialeck! Ich spreche keine Tialeck - ich spreche Deutsch, verstoot Ehr mich? Su wie ich schwade: mich verstonn se jo sujar en Düsseldorf. D wie Dora... Opjelaht.

Su, Trina, jetz bess do draan, jetz kriss de se vu'meer jebrannt!"